· FORA DAS 4 LINHAS ·

THIAGO GOMIDE

FORA 4 DAS LINHAS

 mórula
EDITORIAL

Copyright © Thiago Gomide.

Todos os direitos desta edição reservados
à MV Serviços e Editora Ltda.

REVISÃO
Natalia von Korsh

FOTO (CAPA)
Ricardo Beliel (Torcedor solitário do Bangu
no estádio de Moça Bonita-1984)

PROJETO GRÁFICO
Patrícia Oliveira

CIP-BRASIL. CATALOGAÇÃO NA PUBLICAÇÃO
SINDICATO NACIONAL DOS EDITORES DE LIVROS, RJ
Elaborado por Gabriela Faray Lopes — CRB 7/6643

G621f

    Gomide, Thiago
    Fora das 4 linhas / Thiago Gomide. – 1. ed. –
Rio de Janeiro : Mórula, 2022.
    112 p. : il. ; 19 cm.

    Inclui bibliografia
    ISBN 978-65-86464-88-7

    1. Crônicas brasileiras. 2. Futebol – Crônicas.
I. Título.

22-76554   CDD: 869.8
                                   CDU: 82-94(81)

Rua Teotônio Regadas 26 sala 904
20021_360 _ Lapa _ Rio de Janeiro _ RJ
www.morula.com.br _ contato@morula.com.br
/morulaeditorial   /morula_editorial

AGRADECIMENTOS

Impossível, nos agradecimentos, não lembrar de uma trinca importante para o meu gosto por futebol (e por gente): meu pai e meus avôs. Dois tricolores do Rio e um palmeirense.

Eles não cansavam de contar histórias das conquistas e dos desafios. Me faziam sonhar. E torcer.

Com meu pai, vivi lindas lembranças das Laranjeiras e de um Maracanã que não existe mais. Pena.

Saudade dos três. Tomara que exista segundo tempo.

À minha mãe, que sempre acreditou e apostou que eu poderia estar aqui. À Fernanda, minha companheira de caminhada, que me dá a mão e me faz um ser melhor.

Aos meus primos (e prima), por me mostrarem que é possível transformar um jardim em um campo de futebol e um minúsculo corredor em caldeirão. Aos meus amigos, por me mostrarem que podemos ganhar o campeonato de recreio, vencendo os que se achavam invencíveis, e de me fazerem voltar ao estádio.

Aos inesquecíveis Ézio e Januário de Oliveira, que proporcionaram àquele garoto de 9 anos, com um time difícil do Fluminense, gritar gol e exaltar um super--herói de carne e osso.

SUMÁRIO

9   PREFÁCIO | O real espírito do futebol

11   São Januário e a maldição do sapo enterrado

17   Botafogo nasceu da troca de papelzinho em sala de aula

21   Laranjeiras, a casa da Seleção Brasileira

25   Urubu: símbolo do deboche flamenguista

27   Madureira e as excursões proibidas

30   Torcedor deixa herança milionária para o Bangu

35   Trinca de ouro da arbitragem carioca

40   Castor de Andrade

44   Pinimba com um tal de Gandulla

46   Bob Marley no Rio: polícia, pelada e suquinho em Copacabana

49   Vasco na luta pela igualdade

52	Assassinato de Euclides da Cunha
56	O time de futebol da IURD
58	Fluminense e a gripe espanhola
61	O torcedor mais fanático do Flamengo
64	1990: dois títulos cariocas
68	Fluminense vence o Botafogo (no tribunal)
71	Flamengo é filho do Fluminense?
74	Zico jogando pelo Vasco?
77	Maradona estraga a festa de Zico
81	Lei de Gerson
83	O dia em que Eurico provocou a Globo
89	Vasco com uniforme do Flamengo?
93	Puma x Adidas: a luta dedois irmãos
95	O Papa pé quente
98	Ali Dia mentiu a identidade para jogar a Premier League
101	Carlos Kaiser, a maior fraude do futebol
104	Pelé e a chuteira emprestada pelo Fluminense
107	REFERÊNCIAS

PREFÁCIO

O REAL ESPÍRITO DO FUTEBOL

Em *Fora das 4 linhas* Thiago Gomide nos traz relatos de um mundo distante. De um mundo extinto. The Jurassic Football. E olha, se não acabou, esconderam tanto que ninguém, nem quem escondeu, acha mais.

Foi-se... como o continente perdido de Atlântida, que por sinal também é assunto que, junto ao Triângulo das Bermudas, foi parar no éter dos interesses da humanidade. Acabooooouuuuuu!!!... e ouço a voz de Doalcei Camargo ao apito final de uma partida.

Cada vez mais o futebol avança em um processo de desumanização de seus atores e não à toa saltam aos olhos as semelhanças entre um jogo real na televisão e uma partida de videogame. Os jogadores e treinadores possuem equipes, ou *staffs* como gostam de falar, que os cercam e acobertam qualquer traço de comportamento humano. Todo contato deles com os torcedores é controlado em coletivas ou nas mídias sociais profissionalmente administradas.

Chamam de *media training* uma preparação para saber o que se responder nas entrevistas.

Espontaneidade zero. Essa prática, na verdade, denuncia uma preguiça imensa da parte dos repórteres: se treinam o que responder é porque sabem o que vão perguntar. Saudades de Oldemário...

Já Gomide — o cara do Tá na História — partiu lá dos primórdios do jogo em Terra Brasilis e chegou até não tão longe dos nossos dias, arrastando a rede e coletando causos e vidas. De maneira leve, fluida e bem-humorada esses personagens, gente que forjou o real espírito do futebol brasileiro, retornam à vida sem retoques. Sem filtros ou *photoshops*, sem *medias trainings* ou assessores. Crus como a grama onde se faz, ou se fazia, o jogo, já que agora a grama é também híbrida ou sintética.

Através de *Fora das 4 linhas*, Thiago Gomide nos faz ver de fato e de direito que, também no meio futebolérico, hoje o mundo é outro. Nem melhor, nem pior. Outro.

E bola pra frente!

TONI PLATÃO

SÃO JANUÁRIO E A MALDIÇÃO DO SAPO ENTERRADO

"No tempo que Dondon jogava no Andaraí", diz a composição do mestre Nei Lopes.

A letra não faz menção a um grande companheiro de equipe de Dondon: o poderoso Arubinha.

O jogador protagonizou uma maldição ao Vasco da Gama. Arubinha estava naquele fatídico jogo de dezembro de 1937.

Chovia nas Laranjeiras. O estádio do Fluminense seria o campo de um clássico: Andaraí, clube de futebol da Fábrica de Tecidos Confiança, e Vasco da Gama.

Por não ser o mandatário do jogo, o time da Colina não pôde optar pelo seu caldeirão.

Hoje os jogadores vão aos jogos de ônibus bombadão, em alguns casos tem até carros da polícia fazendo escolta. Em 1937 era "vamos chamar o táxi" ou até mesmo "qual busão que passa por Laranjeiras?".

Zero moleza.

O time do Andaraí chegou na hora marcada. Entrou em campo na hora marcada. Ficaram lá, na chuva, esperando o adversário.

Passavam os minutos e nada do Vasco aparecer. O juiz apitava e nada dos vascaínos darem as caras. Cogitou-se até dar WO, mas uma notícia mudou os rumos da prosa.

Vários jogadores do Vasco se machucaram porque o táxi em que eles estavam bateu num caminhão da Comlurb. Teve internação e tudo.

Abatidos e molhados, os jogadores do Andaraí, mesmo sabendo que a única chance de ganhar o jogo era com o Vasco não entrando em campo, aceitaram o atraso.

O pedido, fora das quatro linhas, era que os adversários não os massacrassem, como estava acontecendo, infelizmente, com certa frequência. O Andaraí era quase um Íbis dos cariocas.

Mal a partida teve início e gol atrás de gol. Uma máquina. Um grupo sem perdão. Uma baleia brincando com um pequeno golfinho.

1.2.3.4.5.6.7.8.9.10.11.12 a 0.

Arubinha, que esquentava o banco do Andaraí, ficou revoltado. Esperar é uma coisa, esperar e tomar uma surra é outra. Na chuva, o que é pior[1]

Aquilo não ficaria assim. Arubinha berrou para quem quisesse ouvir que o Vasco passaria doze anos sem ser campeão.

Mesmo depois da sapatada, ele não esqueceu e foi mais longe: disse que tinha ido a São Januário e enterrado um sapo. O sapo da maldição. O sapo que faria o Vasco esquecer como se escreve vitória.

Uau!

Quando os jogadores e a direção do clube ficaram sabendo da praga do Arubinha, meu Deus, foi um faz sinal da cruz para cá, chama quem pode resolver aquela parada para lá, e até o mais radical, furar o campo todinho atrás do esqueleto do bichano.

Nada foi encontrado.

Em 1938, o Vasco não levantou taça. A maldição era real.

"Chama o Arubinha. Vamos pagar esse cabra para falar. Para desfazer esse troço", diziam. Só Arubinha era a salvação.

Com o dinheiro no bolso, ele revelou que não tinha nada de sapo enterrado, que essa maldição era uma total birutice e que futebol se ganhava e se perdia com bola na rede.

Não é que o Vasco só foi ganhar um Campeonato Carioca em 1945?

O Andaraí fechou as portas para o futebol profissional em 1973.

PAI SANTANA

Durante muito tempo, um massagista do Vasco era conhecido por fechar o gol cruzmaltino.

Pai Santana era um tipo de talismã energético. Diz-se até que ele enterrava ovos atrás da baliza.

Morreu em 2011. Desde então, o Vasco tem enfrentado uma fase complicadíssima. Coincidência?

SÃO JANUÁRIO E O DESFILE DA PORTELA

Para delírio da arquibancada, Portela e Mangueira desfilaram como se não tivesse amanhã. A turma da Águia querendo manter a série de vitórias. A Verde e Rosa buscando quebrar o jejum. O carnaval de 1945, o último ainda com a Segunda Guerra Mundial rolando, foi em um Estádio de São Januário lotado. Seria a primeira e única vez que o caldeirão vascaíno serviria como palco para a hoje maior festa popular do planeta. Até assassinato aconteceu nesse exclusivo evento.

Os desfiles normalmente rolavam na Avenida Rio Branco. Mas em 1945, já no apagar das luzes do maior conflito do século XX, não daria para ser em espaço público. Era preciso encontrar um canto na cidade capaz de sediar o megaevento. A decisão por São Januário foi natural: toda hora Getúlio Vargas utilizava o campo para comícios. Como estávamos em guerra e havia um sentimento patriótico exacerbado, a Liga de Defesa Nacional (LDN), que junto da União dos Estudantes (UNE) organizava a competição, decidiu que todas as escolas deveriam defender o país. Com o enredo "Brasil glorioso", a Portela papou mais um caneco. "Ó meu Brasil glorioso / És belo, és forte, um colosso / É rico pela natureza / Eu nunca vi tanta beleza", dizia o começo do samba de Boaventura dos Santos.

Nesse já épico desfile, um crime aconteceu na concentração: componentes da "Depois eu digo" se estranharam com o pessoal da "Cada ano sai melhor".

Pancadaria generalizada. Matinada, sambista da "Depois eu digo", que não tinha nada a ver com a briga, levou a pior. Com uma facada, acabou morrendo. Horas depois, a polícia prendeu o mestre-sala Avelino dos Santos, conhecido como "Bicho novo". Tiveram que soltá-lo em instantes. Ele não tinha ido desfilar.

VOVÔ ÍNDIO: SUBSTITUTO DO PAPAI-NOEL?

Papai Noel era coisa de gringo. Nacionalistas da Ação Integralista Brasileira, com apoio do presidente Getúlio Vargas, resolveram criar um personagem que substituísse o bom velhinho e trouxesse as cores e a cultura do nosso país. Nascia, dessa forma, o Vovô Índio, figura supertosca que, além das roupas a caráter, carregava uma sacola repleta de brinquedos *made in* Brasil, como a empolgante peteca. Dessa maneira que pensaram destruir o trenó mágico do barbudinho patrocinado pela Coca-Cola.

Ainda acreditando na fábula do Vovô Índio, e que essa maluquice poderia dar em algum canto, Getúlio Vargas indicou o Estádio de São Januário para um encontro do novo símbolo brasileiro com o seu principal público, a molecada. Foi um fracasso. Teve criança chorando. Teve criança berrando de medo. Teve criança correndo. Teve pai xingando o velhinho. Teve gente perguntando que horas o Papai Noel chegaria. Teve de tudo, menos alvoroço com o desinteressante xamã.

Nem com toda publicidade, decolou. Fim. Voltamos ao Natal com o bom Noel e, mais à frente, com as músicas da Simone.

BOTAFOGO NASCEU DA TROCA DE PAPELZINHO EM SALA DE AULA

Em 1904, o estudante Flávio Ramos, enfadado com a sonolenta aula de álgebra do professor general Júlio Noronha, resolveu mandar um bilhetinho para o colega Emannuel Sodré.

Era um convite para montar um time no Largo dos Leões. Um time que rivalizasse com o de amigos, criado na Martins Ferreira.

Os dois e mais uma galera deram ao time o nome de Eletro Club.

Dona Chiquitota, avó de Flávio, achou aquele nome uma droga. Ela que sugeriu Botafogo, em homenagem ao bairro.

Pois bem, essa moçada e muitas outras que viriam peregrinaram por lugares defendendo as cores do nobre Botafogo.

No primeiro amistoso, em 1904, o resultado foi negativo. Na Tijuca, contra o saudoso Football and Athletic Club (nomes em inglês eram uma realidade), os meninos botafoguenses não viram a cor da bola e tomaram de 3 a 0.

A primeira vitória veio em 1905. O primeiro Campeonato Carioca conquistado foi em 1907. Em 1910, outro título e com uma campanha de dar gosto. Goleada atrás de goleada.

O hino do clube ressalta na estrofe inicial: "Botafogo, Botafogo, campeão desde 1910". Letra do gênio torcedor do América Lamartine Babo. Na época da composição, ainda não tinha sido reconhecido o caneco de 1907.

Convenhamos que a rima não seria tão rica como a que conhecemos. Bola pra frente.

A partir da década de 1930, viu-se crescer uma máquina. De 1932 a 1935, conquistou o tetracampeonato carioca. Não deixava os adversários respirarem.

A Cobal do Humaitá, quem diria, foi um dos primeiros caldeirões alvinegros.

JOGO DO SENTA: CONTRA O BOTAFOGO É MELHOR DESISTIR

O clássico entre Botafogo e Flamengo, em 1944, foi marcado por um protesto dos jogadores rubro-negros. Em um General Severiano lotado, o jogo já estava decidido quando o quinto gol dos botafoguenses aconteceu. Revoltados por um possível erro do juiz, os flamenguistas sentaram no gramado e se recusaram a voltar pra partida. Não tinha um que conseguisse convencer a moçada a tentar reverter o elástico placar.

Gozadora, a torcida do Botafogo gritava que era melhor sentar pra não perder de mais. A confusão foi parar no tribunal. Deu em nada. O resultado continuou 5 a 2.

VIRA-LATA FAZIA XIXI NOS JOGADORES DO BOTAFOGO PARA DAR SORTE

Há quem defenda, de pés juntos, que o Botafogo só ganhou o Campeonato Carioca de 1948, depois de 13 anos de seca, por causa do Biriba, um vira-lata bonitinho que foi adotado pelo jogador Macaé e que se tornou mascote do clube.

O presidente era Carlito Rocha, um supersticioso de mão cheia. Com um currículo de dar inveja a qualquer botafoguense, Rocha resolveu dar tudo do bom e do melhor para o bichinho. Em troca, Biriba precisava fazer xixi nos pés dos jogadores, proporcionando uma sorte daquelas.

Invejosos, adversários começaram a lançar os tipos mais sortidos de maldição. Macaé, preocupado como um zeloso pai, até experimentava o rango do Biriba. Nada podia fugir do esperado. As vitórias eram o triunfo.

Certa vez aconteceu o improvável: só havia vaga para mais um na delegação que jogaria em outra cidade. E agora? O que fazer? Infelizmente, um jogador foi cortado para dar espaço ao talismã.

Enquanto as vitórias se acumulavam, beleza. Até festinha de aniversário o cãozinho ganhava. Fotos em jornais e revistas. Aplausos na rua. Carinho na cabeça. Fãs enlouquecidos. Até rolaram propostas para que ele se tornasse um garanhão fora dos gramados.

O problema foi que a maré virou. As derrotas começaram a brotar. Jogos bobos foram perdidos. Por mais que Biriba gastasse todo o estoque de xixi, nada acontecia. "Será que houve feitiço?", alguns perguntavam.

Superstição é coisa que dá e muda, sabemos. Biriba entrou em desgraça. No começo foi deixado de lado. A sequência foi de responsabilizá-lo por alguns fracassos.

Saiu das quatro linhas definitivamente, mas ficou na memória.

Na minha, pelo menos.

LARANJEIRAS, A CASA DA SELEÇÃO BRASILEIRA

A caminhada de sucesso da Seleção Brasileira começou no campo do Fluminense, em Laranjeiras.

No dia 21 de julho de 1914, um Brasil formado pelos melhores jogadores do Rio de Janeiro e de São Paulo enfrentou o Exeter City F.C, da terceira divisão da Inglaterra. Por volta de cinco mil torcedores presenciaram esse momento histórico.

O Brasil tava longe de ser considerado favorito. A torcida até esperava uma derrota. Mas o que rolou surpreendeu os críticos: 2 a 0 pro Brasil. Oswaldo Gomes fez o primeiro gol do time canarinho — e Osman fechou o placar.

A partida foi violentíssima. O atacante brasileiro Friedenreich perdeu dois dentes.

O goleiro daquela seleção faria história: o historiador e tricolor Marcos de Mendonça. Ele fechou o gol e foi um dos mais aplaudidos.

BOM VENDEDOR

O time de ingleses se hospedou no Hotel dos Estrangeiros, que ficava no Flamengo. Foram recebidos como ídolos. A tal ponto de um comerciante da área, depois de alguns jogadores tomarem suco no estabelecimento, resolver vender pros fãs os bancos em que eles sentaram e até os copos sujos.

LARANJEIRAS PÉ-QUENTE PARA O BRASIL

Em 1919, contra o Uruguai, nossa seleção levantava o primeiro título internacional relevante: o Campeonato Sul-Americano de Seleções.

O Estádio das Laranjeiras foi a casa do Brasil por cerca de 20 anos e os números foram favoráveis: em 18 jogos, 13 vitórias, cinco empates e nenhuma derrota.

LARANJEIRAS PÉ-QUENTE PRA TODO MUNDO

No estádio tricolor, o Botafogo foi campeão carioca em 1930, o Vasco em 1923 e 1929, o Bangu em 1933 e até o Flamengo foi campeão, em 1921 e 1942.

Por falar em Flamengo, o Estádio das Laranjeiras foi o caldeirão rubro negro em 269 partidas.

GUINLE TIROU DINHEIRO DO BOLSO PARA BANCAR O ESTÁDIO

Quando visitar o clube, perceba os vitrais belgas, o lustre de cristal e o salão nobre, lugar de tantas festas importantes. A sede do Fluminense foi inaugurada em 1920. O presidente era o empresário Arnaldo Guinle.
 A família Guinle teve uma imensa importância para o clube. O antigo morador do Palácio Laranjeiras, o também empresário Eduardo Guinle, tirou do bolso a grana pra construir a primeira arquibancada em campos de futebol do Rio. Isso em 1905.

DIMINUIÇÃO DO ESTÁDIO

Na década de 1960, o Estádio das Laranjeiras, o primeiro construído todo de cimento na América Latina, palco de tantos títulos, teve que ser diminuído. A Rua Pinheiro Machado, que homenageia um antigo e ilustre morador da região, tinha que ser aberta e o Fluminense acabou cedendo. No comecinho da década de 2000, o time do Fluminense parou de jogar oficialmente nesse campo.

ROLLING STONES

Mick Jagger, o líder da banda Rolling Stones, gravou dois clipes na sede do Fluminense, das músicas *Luck in Love* e *Just another Night*. Os ingleses acabaram voltando pra cá...

ASSASSINADO NO HOTEL DOS ESTRANGEIROS

Não é que o senador Pinheiro Machado, que mandava e desmandava na Primeira República, foi assassinado pelas costas no Hotel dos Estrangeiros? Isso foi em 1915 e mudou o xadrez político do Brasil.

URUBU: SÍMBOLO DO DEBOCHE FLAMENGUISTA

Nascido como um clube de regatas, o Flamengo tinha como mascote o marujo Popeye. Nunca empolgou a torcida aquela mistura de âncora tatuada, um cachimbo no canto da boca e uma lata de espinafre. A turma precisava de algo mais forte, mais brasileiro, mais provocador.

As torcidas, em especial do Botafogo, chamavam os rubro-negros de urubus. Preconceito racial, evidentemente. Jogador do Flamengo tocava na bola e então começava a se ouvir "urubu, urubu, urubu", em coro no Maracanã. Quatro torcedores flamenguistas resolveram dar um troco no próximo confronto dos rivais. O ano era 1969.

Amigos da praia do Leme, com idades entre 18 e 20 anos, os quatro torcedores resolveram capturar um urubu e soltá-lo no estádio cheio. Era a resposta. Primeiro passaram na Lagoa Rodrigo de Freitas e não tinha nem unzinho para contar história. Foram para o lixão do Caju e passaram vergonha. Nada de conseguirem. Surge, então, uma ideia: pagar para alguém capturar. Faltou dar briga entre os garis. Em pouco tempo havia urubu de tudo que era jeito.

O trajeto Caju-Leme foi uma epopeia: o animal se soltou, começou a bater asas no carro, o motorista teve que se abaixar pra não ser atingido, a moçada tentava segurar o indócil e assustado urubu, algumas bicadas de presente para os envolvidos e, enfim, conseguiram domar.

Na hora do jogo, estavam na arquibancada. O Flamengo não ganhava do Botafogo há quatro anos. Com uma bandeira amarrada nas patas, a bichinha, uma fêmea, voou parecendo uma águia. Após atravessar a incrédula torcida do Botafogo, a urubu pousou no gramado. A torcida flamenguista, em festa, começou a gritar "é urubu, é urubu". Pegou. Fez-se da injúria uma piada.

O cartunista Henfil, craque dos traços e do humor, desenhou a mascote para o Jornal dos Sports. Foi adotado imediatamente pelos torcedores.

O AMOR DE UM BÊBADO E UMA URUBU

Em Niterói, uma história de amizade entre um bêbado e uma urubu bebê mexeu com o coração de bombeiros, que foram resgatar a bichinha. Chamada de Rebeca, a urubu foi encontrada ao lado de um morador em situação de rua. Ao contrário do que se imagina, Rebeca era extremamente dócil. A estada dela nas dependências oficiais do órgão público foi curta. Na primeira oportunidade meteu o pé e foi encontrar o bom amigo.

MADUREIRA E AS EXCURSÕES PROIBIDAS

O futebol brasileiro estava em alta. Tínhamos vencido as Copas de 1958 e 1962.

Começava, dessa forma, a se estruturar a ideia mundial de que éramos o país da bola. Pensou em gramado, pensou em Brasil.

Querendo ver os craques brasileiros de perto, entender a nossa magia, convites dos mais diferentes países chegaram — em especial, aos grandes clubes nacionais.

Flamengo, Fluminense, Vasco, Botafogo, Corinthians, Palmeiras, São Paulo e, óbvio, o Santos de Pelé fizeram excursões rentáveis pela Europa. O dinheiro pingava pra todos e não tinha quem ficasse descontente.

Vendo que a grana era farta e que o Madureira podia não ter Pepe, Pelé e companhia, mas que não fazia feio, o empresário Zé da Gama resolveu negociar partidas com países que não estavam sendo contemplados pelos famosos.

O rapaz era bom de jogo: conseguiu acertar uma ida pra Cuba, que tinha vivido há pouco a Revolução Cubana. Era o início da perpétua administração de Fidel Castro.

Antes de saírem do Brasil, os jogadores tiveram que jurar que não eram e que nem seriam comunistas.

Foram cinco jogos e cinco vitórias acachapantes. A última contra a seleção de Havana. O ministro Che Guevara, apaixonado por futebol, até esteve presente.

De Cuba, eles passariam por México, Estados Unidos e parariam na China comunista, logo no período em que os militares tomavam o poder no Brasil.

Todos sabiam que nao poderiam estar na China. Era proibido.

Mas a grana motivou, a coragem abriu caminho e a velha e boa ideia de que nada vai dar errado fez acontecer.

O problema é que a velha e boa ideia, mítica do brasileiro, não funcionou.

Houve perseguição a um grupo de chineses no Brasil, acusados de implementação do comunismo em nosso país. Teriam ligação direta com o então presidente João Goulart, o Jango.

Foram presos e torturados os chineses.

Na China, os jogadores do Madureira, também por consequência desse fato, foram detidos.

Desta maneira que os jornais souberam que os bravos suburbanos estavam do outro lado do planeta.

Começou um cabo de guerra entre os dois países. Quem estava certo? Quem tinha passado do limite?

O brilhante advogado Sobral Pinto conseguiu provar que os chineses tinham autorização do Itamaraty e que não estavam no Brasil para nenhum plano comunista, distensionando pela parte de cá. Em contrapartida, a diplomacia costurou a soltura dos jogadores suburbanos.

Menos mal!

Nas datas comemorativas às excursões, o Madureira fez camisas especiais. Venderam como água no deserto. Acabaram se tornando relíquias.

TORCEDOR DEIXA HERANÇA MILIONÁRIA PARA O BANGU

Quem não gostaria de receber uma bolada de herança? Imagina se isso fosse sem saber, tipo caindo do céu. Melhor ainda! Foi o que aconteceu com o Bangu em 1984. Parecia que tudo dava certo pro clube da Zona Oeste: vitórias em campo, batalhas por títulos e ainda essa benção. Com o dinheiro prometido, não faltaram sonhos ousados.

Filho de um comerciante de Botafogo, Luiz Oswaldo Teixeira da Silva era professor de matemática no Instituto Militar de Engenharia (IME), na Urca. Fluente em russo, tinha fama de pão-duro: ele se orgulhava de só se locomover a pé e nunca foi visto comendo nem um salgadinho frio na lanchonete do renomado IME. As roupas eram as mesmas sempre, dando aquele ar de desleixo. Agora, tinha um assunto que mexia com os brios do mestre: o Bangu. Torcedor fanático, de radinho colado no ouvido, não perdia uma informação. Sem filhos e sem casamento, dedicava o coração ao time.

Aos 65 anos, Teixeira morreu de insuficiência respiratória. Passaria desapercebido pela história a não ser pelo fato de que deixou um longo testamento, distribuindo bens para algumas pessoas próximas e, principalmente, para o Bangu. A promessa ganhou as capas dos jornais. Especulações não paravam de rolar. O advogado do clube, botando mais lenha na fogueira, disse que as cifras ultrapassavam os milhões de dólares. Castor de Andrade, presidente de honra, mesmo com o pé atrás, caiu na tentação de aspirar a um futuro impressionante. Cogitou-se contratar, em uma tacada só, Zico, Falcão, Sócrates e até Maradona, formando um quarteto de ouro. O Estádio de Moça Bonita seria transformado em um poderoso complexo esportivo, tal qual conhecemos na época da Copa do Mundo de 2014.

De maneira gradual, as informações pingavam. Eram 16 apartamentos. Depois falou-se em ações de grandes empresas, o que faria do professor avarento um mago à la Warren Buffett. Por fim, revelou-se que haveria uma divisão entre Casa de São Luís para a Velhice e Bangu. Rapidamente levantaram a ficha do senhor e descobriram que o montante pode ter sido resultado do dinheiro acumulado pelo pai, por uma tia solteira, pela mãe e pela trajetória como investidor. Advogados e mais advogados entraram em cena, tentando favorecer seus clientes. Familiares distantes do Teixeira entraram no jogo, reivindicando que foram esquecidos. Teve tio e prima chorando as mágoas.

Apesar da ciranda de interesses, nada avançou. Pelo contrário, em 1987 nenhum dos requerentes havia colocado um tostão furado no bolso. Em 2003, o caso andou um bocado, revelando que a herança propagada estava distante quilômetros da dura realidade. O Bangu ficou com algumas quitinetes no Centro e algumas ações de empresas já falidas.

O CRAQUE DA CHAMINÉ

O futebol do Bangu nasceu com operários da Fábrica de Tecidos Bangu, em especial estrangeiros. Em 1904, um fato marcante: três ingleses vieram consertar a chaminé. Trabalho especializado e custoso. Foram dias para resolver o imenso problema, que arriscava até a queda do duto. Herbert Wild, de 28 anos, já estava se preparando para voltar pra Inglaterra quando soube que teria mais um servicinho em terras cariocas: defender o clube contra o Andaraí. No dia 21 de agosto, lá estava o rapaz para a estreia e o único jogo com a camisa do Bangu.

INGLESES VOLTANDO PARA LUTAR

Campeão carioca de 1912, o Paysandu Cricket Club também foi formado por estrangeiros, em especial ingleses. Alguns apostam que teria tido sucesso se não fosse a Primeira Guerra Mundial, que estourou em 1914 e obrigou que a maioria dos jogadores voltasse para defender o país de origem.

O estádio do Paysandu ficava na rua de nome homônimo, em Laranjeiras. O Flamengo chegou a jogar lá algumas vezes, sendo mandante, e até, durante um período, cuidando da administração. Com a implosão do futebol, o Paysandu voltou às suas raízes: o bom e velho cricket.

FRANCISCO CARREGAL

Quando olhávamos a torcida do Bangu em 1905, o sentimento era de que estávamos fitando uma realidade absolutamente distante da realidade. Pouco tempo depois da abolição da escravidão e da Proclamação da República, pobres e ricos, negros e brancos dividiam a arquibancada. Não havia o que era muito comum nos outros clubes: a distinção.

Dentro de campo, um outro detalhe despertava a atenção. Em um time formado essencialmente por ingleses, italianos e portugueses, trabalhadores da fábrica, o Bangu tinha um tecelão negro e brasileiro defendendo os resultados. Francisco Carregal se diferenciava de todos também pela maneira que se vestia. Sempre bem-arrumado. Carregal foi importante para quebrar preconceitos e abrir portas para os negros em um esporte até então elitista.

ABALOU BANGU

Um estrondo de fortes proporções alcançou o bairro de Bangu no dia 2 de agosto de 1958. Assustados, moradores saíram às ruas procurando explicação. Olharam o céu e viram um clarão. As rádios pouco diziam. A TV, incipiente no Brasil, de pouco valia para conseguir informações. Janelas quebradas e vidros estraçalhados ocupavam espaços do chão. O boca a boca não conseguia saciar a ânsia por respostas e ao mesmo tempo eliminar o medo do desconhecido. O que teria feito a terra sacudir? Guerra? Até lenda de vulcões desaparecidos foi ressuscitada. Tem relatos de quem pegou as trouxas e se mandou, quase que em uma alusão ao "subir os montes". Aquele estouro, que rachou paredes, "abalou Bangu". O paiol de armamentos e munições do Exército, em Deodoro, bairro próximo, explodiu. E esse foi o motivo para tanto desespero. A expressão "abalou Bangu" se popularizou após esse fato.

TRINCA DE OURO DA ARBITRAGEM CARIOCA

MARGARIDA: SEM MEDO DE SER FELIZ

Antes de levantar o cartão, o juiz de futebol Jorge José Emiliano dos Santos fazia mil e uma performances. Às vezes jogava o corpo para trás e magistralmente retirava o objeto do bolso. Às vezes corria dando pulos para, então, reprender um jogador violento. Margarida, como ficou conhecido, roubava a cena das partidas em que apitava, tanto na areia, onde começou na profissão, como nos gramados, onde ganhou ainda mais fama.

Gay assumido, enfrentava o preconceito e atletas abusados com o mesmo rigor e provocação. Flamengo e Volta Redonda, em 1988, é um bom exemplo do que Margarida era capaz. Não teve para Renato Gaúcho, punido com um cartão amarelo. A torcida adorava, ria, estimulava o jeito diferente e irreverente.

Morreu jovem, aos 40 anos, de complicações do vírus HIV. Deixou inúmeros fãs e até hoje há quem tente copiar uma das figuras mais curiosas do futebol dos anos 1980.

MÁRIO VIANNA, O JUIZ BRIGÃO

General Severiano estava lotado. O Botafogo, dono da casa, recebia o Flamengo. Jogo pesado, muitas provocações das torcidas e faltas dos jogadores. Determinado a acabar com a violência em campo, o árbitro Mário Vianna expulsou dois da equipe flamenguista. Teve grita, mas nada comparado ao que viria. No terceiro vermelho, a arquibancada desceu. Cadeiras e garrafas eram arremessadas na direção do juiz, que não deixou por menos: revidou pulando o alambrado e se engalfinhando com quatro ou cinco. A turma do deixa-disso entrou em cena, mas era tarde. Dentes quebrados e olhos roxos apareceram. O rapaz era bom de tapa.

Ex-baleiro, engraxate, empacotador de velas e coveiro, o carioca Mário Gonçalves Vianna conquistou esse preparo físico todo sendo da polícia especial no Estado Novo, ditadura de Getúlio Vargas. Apesar de 1,74m, tinha 90 quilos e, de longe, parecia aqueles seres troncudinhos. Não chegava a ser um *pitboy*, mas assustava. Da academia policial, ele levou a fama de brigador para as quatro linhas brasileiras e até internacionais.

Na Copa do Mundo de 1954, ele apitou Itália contra Suíça. Como diriam os mais antigos, era pule de dez ser joguinho de dar sono, nenhuma novidade, quase um passatempo. Lá pelas tantas, o atacante Giampiero Boniperti, craque da Juventus de Turim, resolveu questionar a decisão do árbitro. Chegou logo empurrando. A intimidação teve resposta imediata: Vianna deu um soco forte no queixo do italiano, que desmaiou e teve que ser levado para o vestiário.

Performático, fazia a festa da imprensa. Quando técnico do Palmeiras, em 1957, disse que somente dois jogadores recebiam colete para ser titulares, o resto ele jogava para o alto e via o resultado. Contratado para reverter a maré de derrotas do alviverde, pouco fez. Na Copa de 1970, já como comentarista consagrado da Rádio Globo, levou 18 algemas na mala, prometendo prender os "ladrões vestidos de preto". A rusga com os companheiros de profissão, diga-se de passagem, gerou o término da sua carreira: em 1954, na fatídica competição do soco no italiano marrento, ele disse que os juízes e dirigentes da FIFA eram corruptos. Foi expulso da entidade.

CABELADA: NA DÚVIDA, FECHE OS OLHOS

O jogo estava ganho para o Bangu. Era encerrar a partida e comemorar. Dali o time de Moça Bonita iria para um jogo decisivo contra o Fluminense. Quase nos 45 do segundo tempo, o goleiro Gilmar, que também era da Seleção Brasileira, deu uma valorizada. O árbitro pediu que ele repusesse a bola rapidamente. Não houve resposta. Com peito estufado e vontade de acabar com a falta de ordem, o juiz deu um bonito pique e já foi tirando o cartão amarelo do bolso. Antes mesmo de terminar o ato, ouviu do banco a voz firme de Castor de Andrade, presidente de honra do Bangu, avisar que "esse não. Ele já tem dois amarelos". Zonzo com a informação, o juizão vira para o lado e não pensa duas vezes. Novamente Castor indica "esse também tem dois". Rodando como pião, Cabelada então resolve tirar a dúvida com o mais famoso capo da história do Rio: "Pra quem eu dou?". Castor indicou o lateral-direito, que além de tudo não estava jogando nada. Na súmula está escrito que o árbitro teve um ataque de labirintite.

No panteão das figuras esportivas do Rio de Janeiro, quiçá do mundo, está o ex-operador da bolsa de valores e ex-vendedor de caminhões Luiz Carlos Gonçalves, o inconfundível Cabelada. Fora de campo, se vestia com o rigor típico da alta malandragem carioca. Sem esconder de ninguém, gostava de fumar charutos, desfilar com modelos, comer em restaurantes caros e entornar litros de cervejinha gelada — não antes do jogo, frisa-se. Os cabelos desgrenhados entregavam o motivo do apelido carinhoso. O farto bigode também era sua marca. Com frequência, aparecia nos jornais e TVs, esbanjando bom humor e tentativas de explicar os propositais equívocos. Dentro de campo, nos anos 1980, fazia de tudo para agradar os maiores fregueses: os dirigentes da Federação de Futebol do Estado do Rio de Janeiro, em especial o presidente Eduardo Vianna, e Castor de Andrade, que encomendava engradados de cerveja para deixar no vestiário do rapaz após as partidas.

Em 1985, em um Flamengo e Volta Redonda, agiu para favorecer o rubro-negro. Deu gol sem a bola entrar. As contestações foram gigantescas. Nada de voltar atrás. Até os jogadores do Flamengo se surpreenderam com a decisão. Obedecendo ordens superiores, o vascaíno Cabelada precisava fazer com que o arquirrival vencesse. No empurra-empurra, chegou até a levar um tapa de um torcedor enlouquecido com o evidente roubo. Nada que alterasse as madeixas nervosas do folclórico e vaidoso juiz.

CASTOR DE ANDRADE

Quando Castor de Andrade, patrono da escola de samba Mocidade Independente de Padre Miguel, pegava o microfone, a plateia do Sambódromo fazia um raro silêncio. Ao contrário dos últimos discursos, festivos e ofertando boas-vindas ao público, em 1993 um ofegante Castor denunciava, por cinco minutos e com transmissão ao vivo e ininterrupta da Rede Globo, que os bicheiros estavam sendo perseguidos. Era resultado de uma ofensiva da então juíza Denise Frossard, que levou para trás das grades poderosos contraventores fluminenses, incluindo o morador mais famoso do bairro de Bangu.

Filho de seu Zizinho e neto de dona Iáiá, Castor de Andrade seguiu o caminho da família: controlar pontos e mais pontos de jogo do bicho. Foi, inclusive, mais bem-sucedido que a avó e o pai. Iniciado em Bangu, Zona Oeste da cidade, o império sob a gestão de Castor foi se expandindo para além do próprio Rio de Janeiro. Estados do Norte e do Nordeste conheceram de perto a máquina administrativa do carioca que estudou no Colégio Pedro II e se formou bacharel em direito pela hoje conhecida Universidade Federal do Rio de Janeiro (UFRJ).

Considerado por muitos "protetor dos pobres", Castor de Andrade seguia o roteiro convencional dos mafiosos que ajudam comunidades para receber o respeito e a veneração. Além disso, investiu bastante na Mocidade, vencedora de cinco canecos entre 1979 e 1996, e no time de futebol Bangu Atlético Clube, orgulho do bairro. No esporte bretão, o capo usaria a roupa de mecenas, dirigente, técnico e, claro, torcedor.

Em 1966, ano em que o Bangu ganharia o bicampeonato estadual, um lance marcou o jogo entre o time da Zona Oeste e o América. Aos 27 minutos do segundo tempo, o árbitro marcou um pênalti para o adversário. Era a chance do clube da Tijuca empatar a partida e atrapalhar o sonho alvirrubro. Revoltado, acreditando que a penalidade foi mal marcada, Castor invadiu armado o campo. A chance de apagar o juiz ali mesmo era grande. Confusão. A turma do deixa-disso entrou junto. Poucos minutos se passaram e o juizão, suando em bicas, tendo visto a cara da morte, interpretou um lance normal dentro da área como uma falta gravíssima. Cabralzinho, de pênalti, desempatou o negócio.

Outra história clássica envolve o time do Goytacaz, em partida no Moça Bonita, estádio do Bangu. O goleiro dos donos da casa era o Gilmar, que, naquele finalzinho de jogo, estava mais era querendo que tudo terminasse com a vitória magra de 1 a 0. Ficou atrasando o tiro de meta. Cansado daquela lenga-lenga, Cabelada, o juiz da partida, resolveu dar um cartão amarelo. Antes de chegar na pequena área, Castor berrou que não era para amarelar o Gilmar, afinal seria o segundo cartão e ele ficaria de fora do jogo contra o Fluminense. Com o cartão em mãos, sendo observado pelos poucos gatos pingados da torcida, o juizão resolveu, então, punir o zagueiro, que olhava tudo com atenção. Castor, mais uma vez, indicou que não seria uma boa opção, ele também estava pendurado. Sobrou para um lateral--esquerdo, após aprovação do bicheiro. "Esse pode. Amarela ele, que além de tudo não joga nada", teria dito Castor de Andrade. Na súmula o árbitro escreveu que teve uma crise de labirintite e o cartão foi por causa de um deboche do jogador.

Como técnico, Castor reprimia corpo mole com dois tiros no chão. Por isso, o lateral Marco Antônio dava voltas e voltas mais rápidas ao redor do campo. O auge do clube foi em 1985, quando disputou a final do Campeonato Brasileiro contra o Coritiba, no Maracanã. Perdeu nos pênaltis. Nunca mais conseguiu alcançar bons resultados e, pouco a pouco, foi caindo de rendimento e divisão. Por muito tempo, um castor (o animal) foi figura presente no uniforme dos jogadores.

Temido por seus adversários nos empreendimentos proibidos, Castor contou em entrevista para o apresentador Jô Soares uma situação no mínimo atípica — de viver e de relatar. Castor estava na casa de praia com a esposa e, ao fechar o portão, foi rendido por dois homens. Ele tratou logo de acalmar os assaltantes, dizendo que havia joias e dinheiro ali. Sob a ponta de um revólver, foi levado para dentro da residência. Enquanto os bandidos coletavam os bens, um terceiro entrou para ver o motivo da demora. Não custou a identificar que o assaltado era Castor de Andrade. Os três pediram perdão e rezaram para saírem ilesos. A plateia do programa televisivo gargalhou.

Na cadeia, Castor de Andrade proporcionou melhorias e festas de arromba, nos moldes de Pablo Escobar. Foram instalados aparelhos caros de ar-condicionado, camas confortáveis, pequenas geladeiras. Comidas sofisticadas e bebidas alcoólicas não faltavam. O empresário, dono de inúmeras companhias, não desguarnecia também as famílias daqueles funcionários públicos que precisavam e buscavam sua ajuda.

Vítima de um infarto, Castor de Andrade morreu em 1997.

PINIMBA COM UM TAL DE GANDULLA

Gandula. Gandulinha. Só serve pra gandula. Nem pra gandula tem capacidade. Cadê o gandula? Gandula safado. É impossível pensar no futebol sem trazer ao baile um dos personagens mais folclóricos e importantes para o espetáculo. O jogador do Vasco Bernardo Gandulla não foi o responsável pelo nascimento da palavra, mas, sem dúvida, foi quem ganhou a fama e popularizou o velho e bom pegador de bolas.

O argentino Gandulla era um bom jogador e saltou aos olhos do clube cruzmaltino em 1939, quando jogou umas partidas pelo Boca Juniors em São Januário. Foi contratado como estrela, esperança de vitórias, apesar de no folclore futebolístico o rapaz figurar como um atleta que mais se importava em pegar e repor bolas que eram chutadas para a lateral a disputar jogadas dentro das quatro linhas. El Nano, como era conhecido no país vizinho, jogou 29 partidas pelo Vasco e marcou 10 gols, vendo a derrota do time em 11 partidas.

Nos dias atuais, Gandulla seria traduzido como um jogador marrento. Vez ou outra, com a bola embaixo do braço, reclamava por minutos e minutos com o juiz. Gerou atritos. A carreira no Brasil foi curta, nada vitoriosa e, pior, ele ainda foi vítima de uma piada injusta que geraria verbete no dicionário Aurélio. Versões históricas defendem que a associação de seu nome ao que hoje conhecemos como gandula nasceu da ironia de jornalistas do inesquecível Jornal dos Sports. Há outras que vão relembrar que a palavra gandula já existia e o sobrenome do Bernardo acabou sendo aproveitado. De qualquer forma, é quase impossível nas rodas populares não ouvir que o argentino amava devolver a bola, até mesmo para o adversário.

BOB MARLEY NO RIO: POLÍCIA, PELADA E SUQUINHO EM COPACABANA

Dez em cada dez participantes de luaus já tocaram, cantaram ou balbuciaram alguma música do jamaicano Bob Marley. Não tem escapatória. Para iniciantes no violão, a clássica "No Woman, No Cry" é possível arranhar com poucos acordes. A versão de Gilberto Gil, da década de 1970, é ainda mais reconhecida no Brasil. "Bem que eu me lembro / Da gente sentado ali/ Na grama do aterro sob o sol/ Ob-observando hipócritas / Disfarçados rondando ao redor", canta a turma em rodinha, a plenos pulmões.

Convidado para participar do lançamento de uma gravadora, Bob Marley se mandou de Londres para o Rio de Janeiro em março de 1980. Para abastecer, o jatinho precisou parar em Manaus. Em terras amazônicas, a trupe do reggae descobriu que o período em solo brasileiro teria os olhos atentos das forças de segurança. Vigilantes nos discursos de liberação da maconha, policiais marcaram em cima, embaçando a entrada dos músicos e impondo algumas restrições no visto, como não ter apresentações. Caso contrário, prisão.

Com o cachimbo da paz deixado de lado, Marley foi direto para o Copacabana Palace. O badalado hotel e a praia mais famosa do país foram escolhidos a dedo. Pouco conhecido por aqui na época, ele pôde dar uma corridinha no calçadão e parou pra tomar um suco de laranja em um dos bares da orla. Após alguns goles da bebida, arranhou o gogó cantando alguns sucessos. Nas raras filmagens da época, só um rapaz estende um guardanapo fininho, daqueles de lanchonete chinesa, para pedir um autógrafo. Os garçons observam a distância, dando a impressão de que ou ignoram o astro ou esperam que os gringos peçam uma lagostinha completa ou três postas de camarões VG. Mais Rio de Janeiro, impossível.

Fã de futebol, Bob Marley foi levado para uma peladinha no campo de futebol do Chico Buarque, o Polytheama. Chegou com três horas de atraso, mas artistas brasileiros, incluindo o nobre compositor tricolor, e executivos da tal gravadora esperavam ansiosos. Foram vinte minutos de partida, onde se viu que a paixão do "rei do reggae" não era correspondida pela bola. Fez um gol em uma daquelas generosas entregadas do adversário. Como uma eterna lei informal do lugar, o anfitrião também precisa marcar (e vencer). Chico e o craque Paulo Cesar Caju balançaram a rede, aumentando a vantagem dos "amigos do Marley", que ainda contava com um jornalista que precisou substituir o gravador pela chuteira — faltava um para completar o time e o destino o brindou.

Tudo muito bom, tudo muito bonito, mas o ídolo precisava mostrar para o que veio. O Morro da Urca estava todo enfeitado para receber o rapaz. Não faltavam estrelas nacionais — nem a polícia, que estava de butuca. O saudoso Moraes Moreira e Baby, na época Consuelo, arrepiaram no palco. Evidente que todos queriam uma palinha do jamaicano, mas ficaram no desejo.

Na volta para a Inglaterra, Marley compôs um dos hits da sua curta carreira, "Could You Be Loved" (Você poderia ser amado, em tradução livre). Em 11 de maio de 1981, aos 36 anos, morreu de câncer. O reggae no Brasil não pararia de crescer. Semente, também, dessa viagem.

SOBREVIVÊNCIA MILAGROSA A ATENTADO

Em 1976, sete homens invadiram a casa de Marley, na Jamaica, e dispararam mais de 80 tiros contra ele, a esposa e integrantes da banda.

Até hoje alguns mistérios rondam esse fato. O motivo e como conseguiram sobreviver são dois deles.

VASCO NA LUTA PELA IGUALDADE

No finalzinho de 1923, Fluminense e Vasco estavam em lados opostos.

Mas não dentro de campo.

Os cruzmaltinos lutavam contra as vontades políticas dos tricolores (com apoio de Flamengo e Botafogo), que desejavam barrar dos times analfabetos, pessoas com subempregos e atletas profissionais. Futebol era papo de amador, defendiam.

"Havia basicamente duas situações que a Liga tentava evitar: o profissionalismo dos jogadores e a presença de jogadores analfabetos nos times da liga. O combate ao profissionalismo era mais complicado de ser feito, pois na maioria das vezes os jogadores eram registrados em empregos obtidos através da influência de dirigentes e simpatizantes dos clubes", escreveu o historiador João Manuel Casquinha Malaia Santos em sua tese de doutorado.

Muitos comerciantes vascaínos, em especial os portugueses, contratavam os atletas para seus estabelecimentos e não os obrigavam a trabalhar. Mais:

até davam um extra para jogarem. Burlou-se, assim, uma das obrigações.

Para o segundo ponto foi contratado um time de professores para capacitar os atletas. Era a educação servindo como resistência.

Mesmo com essas atitudes, continuavam as perseguições ao campeão de 1923. Os camisas-negras, como eram conhecidos, atropelaram. O Vasco foi o primeiro clube a levantar o caneco no Rio de Janeiro com pobres, negros e analfabetos no elenco.

Fluminense, Flamengo, Botafogo, Bangu e São Cristóvão, então, criaram a Associação Metropolitana de Esportes Athlcticos, conhecida como AMAE. Quem quisesse se associar precisava seguir as regras. O Vasco, por exemplo, teria que eliminar mais de dez jogadores.

De maneira corajosa, o Gigante da Colina tomou a decisão de romper com a associação. Isso chocou a opinião pública. Não esperavam atitude tão drástica.

A carta que o presidente vascaíno José Augusto Prestes enviou para o tricolor biliardário Arnaldo Guinle, então presidente da AMAE, é uma pérola. Duas partes:

"Os privilégios concedidos aos cinco clubes fundadores da AMEA e a forma pela qual será exercido o direito de discussão e voto, e feitas as futuras classificações, obrigam-nos a lavrar o nosso protesto contra as citadas resoluções.

Quanto à condição de eliminarmos doze (12) dos nossos jogadores das nossas equipes, resolve, por unanimidade, a diretoria do Club de Regatas Vasco da Gama não a dever aceitar, por não se conformar com o processo pelo qual foi feita a investigação das posições sociais desses nossos consócios, investigações levadas a um tribunal onde não tiveram nem representação nem defesa".

Resultado: em 1924 tivemos dois campeonatos cariocas.

O organizado pela nova entidade foi vencido pelo Fluminense e o dos outros clubes foi vencido pelo Vasco.

Em 1925 os clubes voltariam a formar um mesmo grupo. O campeão foi o Flamengo.

A batida de pé foi fundamental para alterar os rumos do futebol no Brasil — além de aprofundar os debates sobre preconceitos raciais e sociais.

ASSASSINATO DE EUCLIDES DA CUNHA

"Botafogo, Botafogo, campeão desde 1910", diz o hino do Glorioso. O título que impulsiona o clube de General Severiano teve a participação de um jogador que foi cúmplice de uma traição famosa, tomou um tiro por estar no lugar e na hora errados, presenciou a morte de um dos maiores escritores brasileiros, jogou um clássico com a bala alojada na espinha e tentou o suicídio algumas vezes. O zagueiro Dinorah Assis desapareceu da história da mesma forma que o alvinegro não ficou parado naquela emblemática conquista dos anos 1910.

Euclides da Cunha já era uma celebridade literária no Brasil no começo do século XX. "Os Sertões", enorme e premiada reportagem sobre a guerra de Canudos, ocupava as primeiras posições em vendas. Em 1904, Euclides viajou para o Acre a fim de contar o drama dos seringueiros e acabou ficando mais de um ano fora. Nesse período, sua esposa, Anna, intensificava um romance proibido com Dilermano Assis, irmão de Dinorah, 16 anos mais novo que ela.

Dilermano era gaúcho, com disposição atlética e no começo do relacionamento com Anna tinha 17 anos de idade. Em uma pensão na Rua Senador Vergueiro, no Flamengo, o relacionamento evoluía. Numa cidade em que todos se conheciam, não demorou muito para a fofoca pipocar de ouvido em ouvido. O zum-zum-zum acabou chegando em Euclides, de volta do intenso período na Amazônia. O escritor não quis acreditar. A fim de enterrar qualquer desconfiança, o amante da esposa ainda enviou uma carta afirmando que tudo não passava de uma boa amizade. Dentro de casa, Anna, grávida de Dilermano, tentava contornar a situação.

Com o crescimento natural da barriga, o atento Euclides começou a fitá-la com o rabo de olho. Mauro chegou a nascer, prematuro. Com poucos dias, faleceu. O clima já estava péssimo nesse instante: claro que havia um adultério no ar. Convocado pelo Exército, Dilermano se mandou pro Sul. Parecia que as placas tectônicas tinham se acertado, indicando que depois do maremoto haveria a calmaria. Puro engano. Após um período distante, o amante gaúcho voltou com fogo total, rolaram novos encontros escondidos e mais uma gravidez.

Em uma casa na Estrada Real de Santa Cruz, na Piedade, Dinorah viu Euclides da Cunha andar pelas redondezas. Sabendo que o irmão estava com Anna no interior da residência, e cúmplice daquele caso proibido, avisou-o do que estava passando. Não demorou para o escritor identificar o endereço e se aproximar. Com um revólver no bolso, o também jornalista foi para matar ou morrer. Tudo aconteceu rapidamente. Entrando na casa, Euclides foi atrás de Dilermano, que foi para o quarto. Dinorah tentou conter o homem traído e acabou baleado nas costas, abaixo da nuca. O irmão apareceu atirando, levando e acertando três balaços. Os dele foram fatais. Cambaleando, Euclides foi para o jardim, onde caiu morto. O calendário marcava 15 de agosto de 1909.

Apenas cinco dias depois dessa loucura toda, Dinorah, que não tinha diretamente nada a ver com a parada, mesmo com uma bala alojada na espinha, resolveu defender o Botafogo no jogo contra o Fluminense. Jogando em casa e com a torcida lançando a culpa pela morte de Euclides da Cunha no colo de Dinorah, o tricolor venceu por 2 a 1. O Botafogo terminaria 1909 com o vice-campeonato. Como sabemos, o título redentor dos botafoguenses veio no ano seguinte, com o zagueiro tendo grande importância, apesar de parte dos seus movimentos estarem prejudicados pela cápsula, que só seria retirada tempos depois. Dinorah fez nove gols em 26 jogos defendendo a camisa da Estrela Solitária.

Em 1911, dois anos após a "tragédia da Piedade", forma com que a imprensa tratou o fato, Anna e Dilermano se casaram. Parecia que tinham tirado o pino da granada. Dali para frente só problemas. Filho de Euclides e Anna e também testemunha da traição,

Solon foi ser seringueiro no Acre em 1916. Acabou assassinado. Quidinho, outro filho do casal, resolveu vingar o pai e se deu mal: outro que foi morto por Dilermano. Dinorah, após passar pelo hospício, tentou se matar na praia de Botafogo. Foi salvo. Com dores insuportáveis, viveu na rua. Contou com a solidariedade de amigos do América que, por ora, deixavam ele dormir no clube. Mesmo depois de se mudar para Porto Alegre, a dificuldade continuou. Na terceira tentativa de tirar a própria vida, conseguiu. Foi enterrado sem nenhuma honra.

Dilermano se casou outra vez e faleceu em 1951. Nesse mesmo ano, Anna também morreu.

O TIME DE FUTEBOL DA IURD

O time do Internacional de Jacarepaguá estava fadado ao término. Na segunda divisão do Carioca, sem perspectivas de contratações, com jogadores desmotivados e dívidas com fornecedores, o clube da Zona Oeste precisava de um milagre para continuar respirando. Em 1999, a benção veio. E veio por intermédio de uma das mais fortes representantes do movimento neopentecostalista no Brasil.

Buscando uma maior integração com o esporte, a Igreja Universal do Reino de Deus comprou o Internacional de Jacarepaguá com um objetivo à altura dos seus grandes templos: montar uma equipe competitiva, disputar títulos e atrair a atenção para o bem que o futebol pode proporcionar. "O Flamengo que se cuide", ouvia-se na época. No primeiro jogo oficial do time, em Brasília, arrancou um empate de 1 a 1 com o Gama, os donos da casa. Quase 20 mil pessoas acompanharam a peleja.

O pontapé inicial no Cariocão de 2000 prometia boas aventuras. Fiéis de todos os cantos eram esperados pela Universal. Os caldeirões seriam insuportáveis para os adversários, pensava-se. Vestindo as cores azul, vermelho e branco, as mesmas do logo da igreja, o Universal Futebol Clube trouxe particularidades para o esporte bretão que não pegaram. Seus torcedores, por exemplo, ao invés de xingarem o árbitro, gritavam "Juiz ladrão, Jesus é a salvação". Os jogadores não podiam dividir com rispidez a bola, permitindo, em alguns casos, a virada dos atacantes. Em 18 de março, mais de 10 mil fiéis acompanharam a vitória de 1 a 0 contra o Tamoio, de São Gonçalo. Era a estreia rumo aos mais altos montes.

Em pouco tempo, o fôlego animador foi perdendo espaço. O Universal, mesmo com toda oração, se tornou saco de pancadas. Perdeu diversas partidas e não conseguiu o tão propagado acesso. Como em um sonho de verão, o clube foi descontinuado um ano depois. Em 2019, a Igreja Universal voltou a apostar no futebol, mas dessa vez na Bahia. O Canaã Esporte Clube disputou a segunda divisão do Campeonato Baiano e abocanhou o quinto lugar.

FLUMINENSE E A GRIPE ESPANHOLA

O inglês Archibald French chegou ao Fluminense com status de estrela.

Habilidoso como meia-esquerda, fez bonito na estreia contra o Santos, no campo do adversário: dois gols na botinada de 6 a 1.

Aquele ano de 1918 prometia ser inesquecível para um clube que, passava ano e entrava ano, se firmava como um dos mais importantes da história do Brasil. A torcida comemorava vitória antes do jogo, pra você ter noção.

Na época, o Cariocão era coisa séria. Disputa levada com gosto. Títulos comemorados em ruas fechadas.

O Fluminense fez uma campanha impecável e juntou pontos suficientes para sagrar-se campeão com antecedência.

Contando assim, parece que tudo deu certo. Nada.

Chegando ao fim do torneio, a maioria dos jogadores pegou gripe espanhola. Pra quem não tem noção do que isso significava, trago uma pergunta do tricolor Nelson Rodrigues, que viveu o período:

"Quem não morreu na Espanhola?"

Um em cada vinte infectados morria. Em outubro de 1918, foram registrados mais de 20 mil doentes no Rio de Janeiro. Estima-se que cerca de 35 mil brasileiros morreram. E no mundo? Há vertentes históricas que defendem 50 milhões de mortos. O mínimo está em 20 milhões.

A contaminação era por espirro. Ou seja, fácil, fácil de acontecer.

Depois de perceber que alguns jogadores estavam infectados, o Fluminense determinou que o time não treinaria. Tarde demais.

French, após 12 jogos e seis gols, não resistiu e acabou falecendo.

O Fluminense nem conseguiu entrar em campo na última partida. Não tinha gente apta. Perdeu por WO pro Carioca.

Não há registros de jogos cancelados, apesar dos riscos inerentes.

O rebaixado nesse ano foi o Sport Club Mangueira, time formado na Tijuca e composto principalmente por moradores do morro da... Mangueira.

O QUE ACONTECEU COM O TIME DA MANGUEIRA?

Depois de 1909, quando levou de incríveis 24 a 0 do Botafogo, o Mangueira nunca mais foi levado a sério.

Em 1927, saiu definitivamente de cena. Parte dos jogadores foi para o Flamengo.

E A GRIPE ESPANHOLA?

A gripe espanhola teve fim, em 1919, da mesma maneira que apareceu: sem que se soubesse ao certo o motivo.

PRESIDENTE MORTO

Tivemos um presidente que morreu de gripe espanhola: Rodrigues Alves, eleito em 1918.

Rodrigues Alves já tinha sido o gestor máximo do nosso país de 1902 a 1906.

Assumiu Delfim Moreira.

A GRIPE COMEÇOU NOS ESTADOS UNIDOS?

A doença foi observada pela primeira vez nos Estados Unidos, em março de 1918, em um acampamento de militares que estavam se preparando para ir pra Europa. Em duas semanas, mais de mil soldados foram para o hospital. Os motivos eram os mesmos. Os diagnósticos eram os mesmos. A catástrofe estava montada.

O TORCEDOR MAIS FANÁTICO DO FLAMENGO

Há uma turma grande que defende que a maioria dos jornalistas esportivos valoriza demais o Flamengo.

São torcedores escancarados, acusam.

Denominam-nos de "Fla-Press".

Pode até ser, mas ninguém nunca chegou aos pés do mineiro Ary Barroso. Vai por mim!

Compositor de "Aquarela do Brasil", Barroso não levava a sério esse papo de imparcialidade ou de ser contido. Ele era a essência do torcedor.

Ary narrou futebol em diferentes rádios, nas décadas de 1930 e 1940. Destaque pra Tupi, onde foi uma das grandes estrelas.

Ele estimulava o rubro-negro para o ataque. "É agora, é agora, vamos fazer esse gol", berrava. Quando o time perdia a chance, reclamava. Quando o adversário pegava a bola, secava. Quando o Flamengo tomava gol, não narrava.

Zero problema. Da mesma forma que não encontrava pudores de sair da cabine na hora de um gol a favor. Ou de ir à beira do campo agarrado em uma bandeira do clube comemorar um título com os jogadores. Ou de ir embora sem se despedir do ouvinte se o resultado não agradasse.

Por um extenso período de tempo, foi barrado de entrar em São Januário, estádio do Vasco — fruto de excesso de provocações e brigas políticas com o presidente do rival.

Certa vez, para exercer seu ofício, não pensou duas vezes: pediu a graciosidade dos gestores de uma escola vizinha e subiu no telhado. Foi de lá que Barroso soltou o gogó.

Tentaram fazer de tudo para obstruir sua visão do campo. Conseguiram. Ary Barroso narrou se apoiando na transmissão de uma rádio concorrente.

Audiência nas alturas. Nada parava o flamenguista.

Sua interpretação do jogo era permeada por música. Em toda transmissão, Ary Barroso estava acompanhado de uma gaitinha. Adorava tocar quando o Flamengo não estava bem.

Entre tantos títulos, ele narrou e comemorou como se não tivesse amanhã o tricampeonato carioca de 1942, 1943 e 1944.

Em 1964, Ary Barroso faleceu. A bandeira do clube, evidentemente, cobriu o caixão do seu mais fanático torcedor.

JÁ FOI TRICOLOR

Ary Barroso torcia para o Fluminense.

Depois de decepções e de ser até expulso do clube por dívidas, virou casaca.

AQUARELA DO BRASIL

Ele compôs a letra que exalta o Brasil e o "coqueiro que dá coco".

ELZA SOARES

Como apresentador famoso de show de calouros, Ary Barroso revelou inúmeros talentos.

Entre eles, Elza Soares, então uma menina negra, magra, assustada, mas com um vozeirão de parar o mundo.

No primeiro contato com a cantora, ao vivo, provocou e perguntou de que planeta ela vinha.

"Do planeta fome", Elza respondeu sem titubear.

1990: DOIS TÍTULOS CARIOCAS

Nos 90 minutos regulamentares, o Botafogo venceu de 1 a 0. Para a maioria de bom senso, fim de jogo, dá o título pro vitorioso e sigamos a vida. No Campeonato Carioca de 1990, a maluquice desafiou a lógica. Usando múltiplas interpretações do regulamento, o Vasco da Gama, sob tutela de Eurico Miranda, reivindicou que era preciso mais 30 minutos de partida, espernou em campo e deu a volta olímpica. Por sua vez, os jogadores botafoguenses também levantaram uma taça — fake, diga-se. Bem-vindo, bem-vinda ao caos esportivo do Rio de Janeiro!

A partir da ótica jurídica, a final do Cariocão de 1990 já nasceu torta. O Botafogo, imaginando falcatrua vascaína, foi para os corredores da lei exigir que a taça não estivesse presente no Maracanã. Pressentimento? Sexto sentido? Talvez. O provável mesmo é que já sabiam que a peleja teria capítulos fora de campo, afinal o regulamento mudou no meio do certame. Como é tradição nesses casos, os questionamentos se multiplicaram. De qualquer forma, os dois times foram a campo no dia 29 de julho.

O ataque do Botafogo era forte, com Donizete, o Pantera, Valdeir "The Flash" e o menos conhecido Carlos Alberto Dias, que foi quem marcou o gol da vitória. Com o apito final nos 45 do segundo tempo, o inacreditável aconteceu: um jornalista de uma rádio de Nova Friburgo entregou uma taça confeccionada pelo veículo para o capitão alvinegro, Wilson Gottardo. Era um mimo para os vitoriosos da partida e não necessariamente para o campeão. Sem a taça oficial no estádio, não teve por outra: a moçada resolveu comemorar com aquela mesma. A torcida foi ao delírio, pulando na geral do Maraca.

Por outro lado, os jogadores vascaínos, orientados pelo presidente Eurico Miranda, ficaram no campo, assistindo a tudo, alguns sentados no gramado, esperando a decisão final do árbitro. Na leitura do dirigente, mesmo com 1 a 0, o jogo precisava ter 30 minutos a mais de prorrogação. Estava no regulamento, argumentava o polêmico Eurico. O juiz até tentou falar com os jogadores do Botafogo, mas não teve resposta. Na cabeça dos alvinegros, eles eram campeões e iriam comemorar bastante. Após o cronômetro bater meia hora de espera, o juizão decretou abandono e, por consequência, título dos cruzmaltinos. A reação eufórica seria à altura.

Percebendo que um solitário torcedor levantava uma caravela de papelão, jogadores vascaínos foram à geral e pegaram o símbolo de conquistas do navegador que dá nome ao clube. Da mesma forma que os adversários, houve o improviso para que o título não passasse em branco. A volta no estádio com a embarcação em riste animou parte dos 35 mil torcedores que testemunharam essa loucura. Os dois times dormiram campeões.

Doze dias depois, o Superior Tribunal de Justiça Desportiva decidiu o vitorioso. Como era de se esperar, o Botafogo sagrou-se bicampeão carioca.

POR FALAR EM GERAL...

Que tristeza o silêncio dos geraldinos e dos arquibaldos.

A geral, criada em 1950, com o nascimento do estádio, era conhecida como um dos espaços mais democráticos do futebol brasileiro.

A vovó tricolor, com sua cartola grandona, zanzava de um lado pro outro. O Batman acompanhava o desespero. Um homem imitando urubu gritava "Mengo!". Robin e Mister M também davam o ar da graça.

O variado mosaico de personagens marcantes da geral propiciava cores ao espetáculo.

Não tinha marasmo.

Ali era a alma do estádio, o canto popular que estimulava a mistura e os gritos.

O ingresso da geral já custou um real. A geral era o berro na chuteira. O lugar do protesto bem-humorado e afiado. Quem não lembra das cartolinas com dizeres de apoio e reclamação, ou mesmo um "eu te amo" para a pessoa amada?

A geral, mesmo com chuva, enchia. A geral era pra quem amava o futebol.

Se a bola quicasse pra lá, era possível organizar uma pelada paralela. Por instantes, é verdade, mas podia.

Se a bola não entrasse, podia berrar tanto que o jogador saía zonzo. Se a bola entrasse muitas vezes, pobre goleiro...

Os arquibaldos eram marcas nossas. E essas marcas que nos diferenciavam de todo o resto.

Não tinha Morumbi. Não tinha Santiago Bernabéu. Não tinha Camp Nou. Não tinha nem La Bombonera, que é estádio de uma torcida só.

FLUMINENSE VENCE O BOTAFOGO (NO TRIBUNAL)

Dois dos mais tradicionais clubes brasileiros, rivais no Rio de Janeiro, iriam se enfrentar em um jogo decisivo, pelo Campeonato Brasileiro de 1991.

Se o Fluminense ganhasse, iria para a semifinal. Se o Botafogo fosse vitorioso, além de afastar a pequena chance de rebaixamento, tirava o rival do páreo.

O tricolor tinha mando de campo naquele "Clássico Vovô". O Maracanã estava impossibilitado. São Januário não foi liberado.

A diretoria do Fluminense pediu, então, para a CBF (Confederação Brasileira de Futebol) e para a Federação de Futebol do Estado do Rio de Janeiro a chance da partida ser disputada nas Laranjeiras.

O improvável aconteceu: aceitaram a sandice, mesmo sabendo de todos os riscos inerentes.

Não havia estrutura nenhuma. Isso ficou evidente logo na venda dos ingressos. Filas quilométricas se formaram ao redor do estádio. Empurra-empurra.

Não demorou meia hora pra tudo ser vendido. Cambistas fizeram a festa.

Esse ritmo foi aprimorado no dia do confronto. A dificuldade para entrar nas Laranjeiras representou apenas uma parte pelo todo.

As torcidas se provocaram desde o apito inicial. O árbitro era José Roberto Wright.

De provocações até a quebra do frágil alambrado demorou um pouquinho. No fim do primeiro tempo, a divisória que separava a torcida — em especial a do Botafogo — do campo estava no chão.

Policiais e seus inseparáveis pastores alemães tentavam botar ordem. Em vão.

A batalha, que já estava formada desde a liberação do estádio, ganhou mais vida com as invasões de campo e o quebra-pau generalizado.

Wright resolveu interromper o jogo. Não teríamos segundo tempo. Na súmula, o juiz escreveu que a torcida do Botafogo tinha começado tudo.

A história foi parar no Tribunal Especial da CBF, que não teve dúvidas em dar a vitória de 1 a 0 para o Fluminense.

Desta forma, o clube ficou na frente do Corinthians e foi enfrentar o Bragantino pelas semifinais.

Com apenas o empate, o Fluminense terminaria em quinto.

Maracanã lotado. Mais de 70 mil torcedores para o duelo com o time de Bragança Paulista.

O Bragantino, do técnico tricolor Carlos Alberto Parreira, contava até com o volante Mauro Silva, tetracampeão em 1994 pela Seleção Brasileira.

Bobô e Ézio, a dupla ofensiva tricolor, não funcionaram e o jogo acabou 1 a 0 para os visitantes.

A partida de volta, segundo o regulamento da época, não valeria de nada.

Era o fim do sonho do Brasileirão de 1991.

O São Paulo, do também tricolor Telê Santana, levantaria a taça.

FLAMENGO É FILHO DO FLUMINENSE?

Em 1895 existia um ponto de encontro dos remadores na praia do Flamengo: o casarão que ficava no número 22, hoje na altura do 66. Ali morava Nestor de Barros, jovem atleta e bom de relacionamentos.

Ele e os amigos, também apaixonados pelo esporte, resolveram comprar um barco velho e é assim que começa a história do clube de maior torcida do Brasil.

O barco se chamava Pherusa. Logo na primeira volta, saindo da praia de Ramos rumo à praia do Flamengo, uma tempestade pegou a turma de surpresa. A embarcação virou.

Dizem até que foi milagre que os salvou. O fato é que os remadores sobreviveram e consertaram a Pherusa. Não adiantou muito não: roubaram o barco.

Lado positivo: a turma do Nestor cotizou e comprou um segundo barco para remar. De leva, eles resolveram montar o Clube de Regatas do Flamengo.

Dia 17 de Novembro de 1895.

Na reunião que oficializou o nascimento da agremiação, ficou decidido que a data deveria ser 15 de

Novembro, para respeitar o dia da proclamação da então jovem República.

O futebol só iria aparecer muito tempo depois da fundação do clube. E isso aconteceu por causa de um rapaz com vida dupla: Alberto Borgerth. De manhã, ele era remador do Flamengo; à tarde, era jogador de futebol do Fluminense.

Mas, em 1911, Borgerth, que era capitão do time do Fluminense, brigou com a diretoria tricolor e liderou um movimento impressionante de debandada. Vários jogadores acompanharam o líder para organizar o futebol do Flamengo.

Por isso costuma-se dizer que o Flamengo é filho do Fluminense.

Pela quantidade de canecos, pode-se dizer que o filho é que ensinou o pai.

A primeira camisa do Flamengo tinha as cores azul e ouro, em listras horizontais.

PRIMEIRO FLA-FLU

O Estádio das Laranjeiras parecia estar recebendo o grande prêmio de turfe — homens vestindo terno e gravata e senhoras de chapéu e leque. Bebidas finas e o ar de nobreza europeia brindavam o nascimento do clássico mais famoso do Brasil. A contagem de torcedores bateu 800 pessoas, a maioria de tricolores. O motivo era óbvio.

Recém-formado por nove ex-jogadores titulares do Fluminense, campeões de 1911, o Flamengo começou 1912 já com banca de favorito ao título da Liga Metropolitana. Nesse jogo, em especial, a expectativa era baixa para os donos da casa. Pra dificultar ainda mais, uma característica que costuma fazer diferença em partidas decisivas não era comum na época: a interação de torcida e jogadores. O quase silêncio das arquibancadas dava mais fôlego ao favorito.

É muito comum ouvirmos que em clássico tudo pode acontecer. O lugar-comum deu as caras naquele 7 de julho. Logo no início, o Fluminense fez 1 a 0. Aplausos efusivos. Até o apito final o jogo foi emocionante, com o Flamengo apertando, fazendo dois gols e o tricolor conseguindo a vitória impressionante por 3 a 2. Para quem imagina que possa ter tido confusão, esqueça! Todos, inclusive jogadores, foram beber uma no bar do clube depois do jogo. A rivalidade, que com o tempo só aumentou, ficava só dentro das quatro linhas.

FLAMENGO TEVE QUE MUDAR A COR DO UNIFORME NA GUERRA

Na Europa, três navios brasileiros foram afundados por submarinos alemães. A entrada do Brasil na Primeira Guerra Mundial estava selada. Uma das reações no Rio de Janeiro foi a caça aos símbolos germânicos, com protestos e ataques. Foi nessa esteira que o Flamengo teve que mudar as cores do uniforme, parecidas com as do Império Alemão.

ZICO JOGANDO PELO VASCO?

Foram 617 gols em 1016 jogos, segundo o site do Vasco da Gama.

Roberto Dinamite foi muitas vezes campeão. Em 1974, por exemplo, ajudou a abocanhar o Brasileiro.

Como sabemos, a carreira no futebol costumar ter começo, ascensão e a triste pendurada de chuteiras.

Dinamite, que chegou a ter uma passagem breve pelo Barcelona, colocou um ponto final na sua em 1993.

Como também sabemos, quando envolve grandes craques, identificados com torcidas e clubes, há um jogo de despedida. Um abraço derradeiro, ainda em campo, naqueles que estiveram aplaudindo, apoiando, torcendo.

Para o último jogo de Dinamite com a camisa do Vasco foi preparado um amistoso contra o Deportivo La Coruña, da Espanha, que já contava com Mauro Silva e com um ex-ídolo cruzmaltino e também do Flamengo, o atacante Bebeto.

24 de março, Maracanã lotado. A expectativa era ver se Zico, amigo de Dinamite, que estava jogando no Japão, entraria vestindo o uniforme do rival.

Sim, o Galinho de Quintino, maior artilheiro da história do estádio, entrou com a 9 do Vasco. Foi ovacionado. Mostrou que era grande. Mostrou que a rivalidade esportiva é para o campo.

Papai Joel (Santana) era o técnico do Vasco, que contava com Carlos Germano no gol e Bismarck no ataque.

O jogo foi apertado, mas os espanhóis levaram: 2 a 0. Bebeto marcou um.

DINAMITE NO FLAMENGO?

Quase, quase, que Roberto Dinamite foi jogar no Flamengo.

E não era amistoso, não. Era real.

Quando estava de saída do Barcelona, em 1980, o Flamengo tentou levá-lo.

Márcio Braga, então presidente do rubro-negro, conversou com o presidente do clube catalão.

Quando Olavo Monteiro de Carvalho e Eurico Miranda souberam, eles foram atrás de Roberto e, por consequência, do Barcelona.

O passado pesou. Roberto resolveu voltar para o Vasco.

A volta foi triunfal: ele fez cinco, cin-co, gols contra o Corinthians, no Maraca.

ROBERTO DINAMITE NO CAMPO GRANDE

Poucos lembram, mas Roberto Dinamite reforçou o time do Campo Grande em 1991. O Campusca, como é conhecido o clube da Zona Oeste do Rio de Janeiro, não fez feio no Campeonato Carioca, fechando entre os seis primeiros. Chegou até a vencer o Vasco.

Em 1992, o craque voltaria para o Gigante da Colina.

MARADONA ESTRAGA A FESTA DE ZICO

Após um tempo fora, jogando na Udinese, da Itália, o Galinho voltou para o Flamengo em dezembro de 1985. Para dar as boas-vindas, nada melhor que um jogo amistoso entre a seleção rubro-negra e a dos "Amigos do Zico", que contava com Branco, Falcão, Maradona e... Jacozinho.

Conhecido como Jacó, Jacozinho era um tipo de lenda alagoana. Craque do CSA, misturava bom humor e atrevimento. Driblava bem e brincava mais ainda.

Na TV e nos jornais, inclusive os aqui do Rio de Janeiro, era tratado como uma figuraça. Dava ibope. Não tinha quem não se divertisse com o pequeno Jacozinho. O repórter Márcio Canuto, dono de um dos melhores textos da história da televisão, contava, com o humor que é sua marca registrada, tudo que acontecia com o rapaz.

Estimulado por empresários, Jacozinho foi convencido a vir ao Rio de Janeiro participar desse jogo mágico. Da festa. O rapaz nem cogitou pensar que não tinha sido convidado. Quebrou o porquinho, pediu grana emprestada e se mandou para a Cidade Maravilhosa.

Já no Maracanã, ficou evidente que não tinha rolado uma chamada para participar. Era ação isolada, contando com a fama do Jacó. Zico, inclusive, não foi dos mais amistosos antes da partida iniciar. Ao contrário do sentimento do ídolo flamenguista, a torcida, essa, sim, estava atenta aos passos do "Rei de Alagoas". Mas quem iria contra um homem que era adorado pela massa e ladeado pela imprensa?

Lá pelas tantas, Falcão seria substituído. No banco, uma constelação. Telê Santana, fazendo ponta de técnico dos "Amigos", pediu que Jacozinho substituísse o "Rei de Roma". Ele tremia. Ele suava. Ele gaguejava. Mas foi com medo mesmo. Entrou aplaudido.

Com mais de 100 mil pessoas testemunhando, Maradona recebeu a bola no meio de campo, deu açucarada pro Jacozinho, que driblou desconcertantemente o goleiro Cantarelli. Quando a bola estufou a rede, não havia um único flamenguista que não comemorasse, por mais que isso representasse contra o próprio clube.

Maradona, que se consagraria na Copa de 1986, abraçou Jacozinho. A torcida pediu autógrafo. Começou uma cobrança pública pela convocação para a Seleção. Foi capa de inúmeros jornais.

Dessa vez, Zico ficou sem a manchete.

MARADONA FEZ GOL DE MÃO NO FLUMINENSE

Maradona era camisa 10 e capitão do espanhol Barcelona. Craque indiscutível. Mas estava de saída para o clube de que ele mudaria a história, o Napoli, da Itália.

O destino quis que o jogo de despedida fosse contra o Fluminense, em um torneio amistoso nos Estados Unidos.

Era mais uma das tentativas de adocicar o interesse norte-americano pelo esporte mais popular do mundo.

O time do Fluminense jogou desfalcado, mas ainda assim estava cheio de craques, campeões brasileiros de 1984. O técnico Carlos Alberto Parreira escalou, entre outros, Branco, Romerito, Duílio e o artilheiro Washington — Assis, da dupla que até hoje faz muito flamenguista acordar de madrugada, estava na seleção.

Barcelona e Fluminense, ao contrário daquela velha piada (que hoje seria meme) de "gol do Barcelona", foi apertado. Bem apertado. 2 a 2 no tempo regulamentar.

O lance mais curioso aconteceu no segundo tempo. Vendo que não chegaria na bola, Maradona coloca a mão e faz o gol. É muito rápido. Os companheiros correm na sua direção, comemorando a farsa. O goleiro se desespera. Com o apito do atento juiz anulando o tento, o argentino abre os braços como se não acreditasse.

"La Mano de Dios" contra o Fluminense não funcionou.

Se fosse expulso naquele jogo, será que mudaria algo contra a Inglaterra na Copa do Mundo de 1986? Típica pergunta sem resposta.

O clássico internacional foi para os pênaltis. 5x4 para o time catalão.

LEI DE GERSON

Gerson era um craque. Campeão por Botafogo, Flamengo, Fluminense e São Paulo — e, evidentemente, pela Seleção Brasileira naquele mega time de 1970. Encantou todos com os lançamentos precisos e a liderança em campo. Além do apelido "Canhotinha de Ouro", ele também era conhecido como "papagaio", fruto de não parar um segundo de falar, organizando a equipe a todo tempo. Era capitão sem necessariamente ter a braçadeira.

Nos intervalos e finais de partida, o "papagaio" se recolhia para um gesto incompatível com o esporte: dar tragos e mais tragos em cigarros. Fumava um atrás do outro. Acabou ganhando fama por causa disso. Não era motivo de orgulho, mas também não era nada escondido. Nessa época era elegante fumar. As propagandas endossavam a imagem de liberdade e glamour.

Aposentado, Gerson recebeu um convite que prejudicaria sua reputação. Em 1976 ele se tornou garoto-propaganda de uma conhecida marca de cigarros, a Vila Rica. Pegando esteira no tricampeonato canarinho, aproveitando cenas do jogador como líder, o comercial encenou uma entrevista de um repórter com o craque. A pergunta era sobre o motivo de Gerson preferir Vila Rica. Na resposta, o ex-meio-campista questiona o porquê de pagar mais caro em outro cigarro se encontrava o mesmo naquele que já consumia, e termina sentenciando: "Gosto de levar vantagem em tudo, certo?". Outdoors com a frase "Leve vantagem você também" tomaram as cidades. Revistas e jornais estamparam páginas e páginas com o convite.

Descontextualizada, a fala do Canhotinha se tornou o símbolo de um país que vive a pecha do jeitinho. Foi um pulo para ser sinônimo de passar o outro pra trás. Não havia um que não apontasse a desonestidade alheia citando a rapidamente popular expressão "Lei de Gerson". Por mais que tentassem reverter o estrago, nada avançava. Enquanto os cigarros sumiam das prateleiras dos armazéns e botecos, Gerson encarava o escrutínio dos fãs. Mesmo arrependido, o carimbo restou. Nesse caso, ainda bem que temos memória fraca.

O DIA EM QUE EURICO PROVOCOU A GLOBO

A torcida vascaína gritava insistentemente e quase que de maneira uníssona verdadeiras pérolas do cancioneiro brejeiro do SBT.

"Ão, ão, ão, é o Jogo do Milhão!", "ah, é Silvio Santos!" e até "ritmo, é ritmo de festa!".

Quem era do traçado e estava assistindo pela TV Globo, entendia que a equipe da emissora operava verdadeiros milagres para não deixar transparecer os protestos, que ainda se estendiam a xingamentos e ao batido "o povo não é bobo, abaixo a Rede Globo".

Por mais talento envolvido, era impossível. O logo do SBT estava no peito de cada craque. E o Vasco tinha uma seleção, que contava com Romário, Euller, Juninho Pernambuco, Jorginho, Pedrinho e Juninho Paulista.

Sessenta milhões de pessoas, espalhadas pelos quatro cantos do Brasil, presenciavam o feito orquestrado por um dos mais polêmicos gestores de futebol da história, Eurico Miranda.

Eurico tinha ficado revoltado com a TV Globo pela cobertura do segundo jogo da final da Copa

João Havelange, que era o Campeonato Brasileiro de 2000. O cartola, ocupando a vice-presidência do Vasco, achou que foi tendenciosa.

O que aconteceu? São Januário estava abarrotado naquele 30 de dezembro de 2000: mais de 30 mil ingressos foram vendidos. Apesar dos trâmites legais indicarem que o estádio podia sediar uma partida tão importante, a realidade acabou se impondo.

Na metade do primeiro tempo, após a saída de Romário por contusão, um tumulto se formou perto do alambrado, que acabou cedendo. As cenas eram fortes. Centenas de feridos. Sangue. Ferros retorcidos. Ambulância. Helicópteros.

Enquanto começava o atendimento médico, uma guerra ganhava corpo. O juiz Oscar Godoy queria reunir elementos para dar como encerrada a partida. O chefe da Defesa Civil afirmava que o jogo poderia continuar. Eurico desejava ou que o jogo voltasse ou que o Vasco fosse declarado campeão, afinal tinha trazido para o Rio a vantagem do empate sem gols.

O então governador do Rio de Janeiro, Anthony Garotinho, bateu o martelo: mandou suspender.

O time do São Caetano, adversário que surpreenderia naquele campeonato, cogitava entrar na justiça. O time do Vasco, impressionantemente, chegou a dar volta de campeão erguendo a taça, como se Garotinho não tivesse poder.

A TV Globo fez reportagens mostrando Eurico Miranda tentando botar os feridos para o lado do campo e chamando Garotinho de incompetente e frouxo.

A imagem do clube ficou arranhada. Parecia insensibilidade.

Com a remarcação da final para janeiro do ano seguinte, entra em campo um ingrediente: o patrocinador do ano 2000 não renovou para 2001, portanto na nova final ou o Vasco entraria sem nada no uniforme, ou fecharia um acordo a jato, ou tiraria algo da caixola.

Possesso com a TV Globo, Eurico Miranda resolveu provocar a rival. Aparentemente sem consenso do SBT, ele resolveu homenagear Silvio Santos.

O jogo terminou 3 a 1 pros vascaínos. Lembro do Romário comemorando um dos gols virando de costas pra câmera.

Era impossível a Globo não dar publicidade para sua então principal concorrente.

SÃO CAETANO X FLUMINENSE

O Fluminense tinha um goleiro chamado Murilo.

Murilo adorava contar que treinava munido de um computador. Segundo o atleta, a tecnologia contribuía para conhecer minuciosamente as características do chute de cada adversário.

Maracanã. Adhemar, atacante do São Caetano, bateu uma falta quase do meio de campo. Gol. Frango.

Fluminense eliminado.

Nunca mais acreditei nesse papo de goleiro *hightech*.

EURICO X ESCOBAR

O mega narcotraficante de drogas Pablo Escobar era o terror na Colômbia nos anos 1980 e começo dos 1990. Pelo poder, mandou matar candidato à Presidência da República, sequestrou políticos, comprou autoridades, explodiu um avião e assassinou centenas de pessoas. Impôs o medo e construiu o império do pó na América Latina. Exportando quilos e quilos de cocaína para os Estados Unidos, Escobar ficou milionário. Alguns sugerem bilionário. Visto por muitos moradores de Medellín, casa de seu cartel, como um benfeitor, investiu no futebol como meio de alcançar mais e mais popularidade, ao mesmo tempo que lavava dinheiro e saciava o seu amor pelo esporte bretão. Era raro encontrar um cidadão que peitasse o capo. Foi então que o gângster conheceu Eurico Miranda, então vice-presidente do Vasco da Gama.

Pelas quartas de final da Copa Libertadores da América de 1990, o clube cruzmaltino enfrentou o Atlético Nacional de Medellín, último campeão do torneio e time de Escobar. Não havia um reles mortal que não soubesse sobre a interferência do narcotraficante na equipe, incluindo contratações, demissões e até escalação. Apostas financeiras eram realizadas aos montes, todas de maneira clandestina. É de se imaginar que não faltaram tentativas (muitas bem-sucedidas) de subornos de juízes e ameaças a jogadores e treinadores. Em 1989, o árbitro Álvaro Ortega foi assassinado. Não se descobriu os mandantes, mas ficou explícito que era o combo apostadores e narcotraficantes. O recado estava dado.

No primeiro jogo, no Maracanã, um zero a zero sem graça. Vascaínos esperavam mais, afinal o ídolo Roberto Dinamite estava de volta ao plantel. O clube de São Januário teria que conseguir o resultado jogando na casa do adversário, o que dificultava tudo. Se o desafio estivesse só dentro de campo, vá lá. O problema é que, logo no aeroporto, o cartão de visita foi apresentado: a aduana criou caso para dar o visto de entrada ao meia-atacante Tita e ao técnico Zagallo. Depois de serem até ameaçados de prisão, foram liberados. No hotel, o clima continuou pesado: jogadores foram abordados por desconhecidos para participarem de festas bancadas pelo tráfico de drogas, malas de dinheiro foram encontradas e o natural medo do que poderia acontecer tomava conta. Os juízes da partida sofreram tentativa de suborno e, com a negativa, intimidação.

O estádio do Nacional, como é chamado o clube, estava abarrotado. No vestiário, dezenas de guardas encapuzados, armados com metralhadoras, passavam de um canto para o outro, oferecendo a dúvida sobre se estavam ali para proteger ou atacar. O trio de arbitragem uruguaio estava nervoso, distribuindo cartões. Um pênalti foi marcado a favor dos donos da casa. O goleiro Higuita, personagem controverso do futebol colombiano, perdeu a oportunidade. De toda forma, o Vasco acabou tomando dois gols. O apito final pararia nos corredores da organizadora da competição.

Com os testemunhos dos árbitros sobre as tentativas de suborno e mostrando a insegurança para a realização do jogo, Eurico Miranda foi para a sede da Conmebol, no Paraguai, requerer a anulação da partida. No hotel em que estava hospedado, bilhetes surgiam por baixo da porta, avisando que era melhor esquecer essa briga. Na casa do dirigente, telefonemas anônimos se multiplicavam, mostrando que sabiam o endereço do vascaíno. Nada conteve Eurico — nem mesmo a fúria dos diretores do Nacional, que resolveram peitar fisicamente. O resultado favoreceu o clube carioca, provocando a necessidade de uma terceira partida, em campo neutro, no Chile.

Orgulhosos com toda essa história, a promessa dos colombianos era de um show. De um baile. De uma aula de bom futebol. Foi 1 a 0 suado, o suficiente pra despachar a moçada em direção ao calor da Rua General Almério de Moura, em São Cristóvão. O Vasco só levantaria a taça da Libertadores em 1998. Convenhamos, ninguém parava aquele timaço, com Edmundo e companhia. Nem Escobar e seus homens.

ESCOBAR NO RIO DE JANEIRO

Escondido das autoridades, Pablo Escobar subiu a escadaria do Cristo Redentor para pedir bênçãos. Estava acompanhado da esposa e do filho. Uma foto, que depois ficaria famosa, gerou um desconforto e tanto.

VASCO COM UNIFORME DO FLAMENGO?

Há quem defenda que Gilberto Cardoso, presidente do Flamengo entre 1951 e 1955, foi o maior torcedor do clube.

Tirando as tintas do exagero, Gilberto foi realmente um ícone para o Flamengo.

Administrou bem um clube com sérios problemas financeiros e conquistou títulos importantes, como o tricampeonato carioca de 1953, 1954 e 1955.

Saindo do futebol e indo para o basquete, mas ainda no ano de 1955: no Maracanãzinho, já no apagar das luzes, um jogador do Flamengo conseguiu um ponto derradeiro, o necessário para vencer o adversário na primeira partida da fase final do campeonato.

O técnico era Kanela, tio do Jô Soares.

Gilberto Cardoso saiu comemorando do estádio, mas sentindo um incomodo no peito. Poucas horas depois, morreria com 49 anos.

Foi uma comoção. A torcida apareceu em peso. O estádio do Maracanãzinho, pra você ver o peso, recebeu o nome dele.

No bojo das homenagens ao presidente, resolveu-se fazer um amistoso internacional entre um misto de jogadores do Vasco e do Flamengo contra um combinado de craques do Racing e do Independiente, ambos clubes argentinos.

Os brasileiros usariam a camisa do Flamengo.

O confronto rolou em dezembro de 1955 em um Maracanã abarrotado. Vavá e Parodi, atacantes vascaínos, vestiram o manto sagrado rubro-negro e arrebentaram.

Dida, um dos principais jogadores ofensivos da história do Brasil, jogador do Flamengo, marcou um dos gols da vitória de 3 a 1 nos argentinos.

Vavá e Dida iriam compor a Seleção Brasileira campeã mundial em 1958, na Suécia.

ESTÁTUA

Quem vai na sede do Flamengo, na Gávea, encontra uma estátua de Gilberto Cardoso.

Merecido!

NOME DE RUA

Gilberto Cardoso é também nome de rua no Leblon.

OVNI NO JOGO DO VASCO: ALÔ, AMIGOS DE OUTRO PLANETA

Operário contra Vasco da Gama tinha tudo para ser mais um jogo morno. De um lado o time badalado de São Januário, com Roberto Dinamite e companhia. Do outro o até então desconhecido lateral Cocada e mais dez. O estádio Morenão, em Campo Grande, capital do Mato Grosso do Sul, não estava cheio, como o esperado. A abertura da segunda-fase da Taça de Ouro proporcionaria à história três feitos: uma zebra monumental, o nascimento de uma lenda e a aparição de um disco voador.

A partida estava sendo transmitida pela televisão. Quem narrava era Galvão Bueno. Câmeras espalhadas por todos os cantos. Em uma noite inspirada, Cocada despontou: deu assistências magníficas, fazendo com que o Operário sapecasse dois a zero no favoritíssimo. Há quem defenda que a atuação do lateral-direito foi influenciada por um fenômeno de outro planeta. Lá pelas tantas, um disco voador atravessou o céu. Cocada é um dos que testemunharam a aparição. Diversos torcedores também assinam esse contato. Infelizmente, em 1982, não havia nem tantas câmeras cobrindo um espetáculo nem celulares nas mãos de qualquer simples torcedor. Na súmula, o árbitro não escreveu nada sobre o fato.

Cocada, seis anos depois, daria felicidade à torcida vascaína. Em uma final eletrizante contra o Flamengo, o jogador entrou em campo nó finalzinho do segundo tempo, fez o gol do título de 1988 e, depois da comemoração arrebatadora, foi expulso. Virou um ídolo improvável do clube.

PUMA X ADIDAS: A LUTA DE DOIS IRMÃOS

Quem nunca ouviu a história de dois irmãos que se matavam na infância e depois viraram superamigos?

Pois é, essa não é a história dos criadores das marcas Adidas e Puma.

Os irmãos Rudolf e Adolf Dassler se odiavam desde sempre. Não tinha papo. Um não queria saber do outro, mas precisavam se aturar. Sabe por quê? Porque eles trabalhavam na fábrica de tênis da família e o trabalho de um complementava o do outro.

Portanto, tava dando dinheiro e aí aguenta que é melhor, meu amigo de fé, meu irmão camarada.

E eles eram feras desde novos: criaram um tênis superleve, confortável, diferente dos que tinha no mercado. Era febre na Alemanha, naquele comecinho do nazismo.

Os dois até eram filiados ao partido nazista. Hitler apoiava o esporte como uma afirmação da raça ariana. Nos Jogos Olímpicos de Berlim, em 1936, os tênis dos irmãos Dassler serviram uma galera. Alemães e estrangeiros.

Sei lá se você acredita em destino, mas o tênis que o americano Jesse Owens usou na corrida em que ganhou medalha de ouro era dos irmãos nazistas.

Em 1948, finalmente, Adolf conseguiu encontrar um caminho legal para expulsar o irmão da sociedade. Isso gerou um mal-estar enorme. Mas tava feito e a fábrica ganharia um novo nome: Adidas, a mistura de Adi, apelido dele, com Das, de Dassler.

Você acha que Rudolf ficou tranquilão? Tem boatos de que ele teria mandado matar o irmão. Pouco tempo depois criou a Puma.

Essa briga de irmãos dividiu patrocínios esportivos, políticos e até a cidade onde eles nasceram e cresceram: de um lado do rio, que cruza a cidade, ficava a fábrica da Puma; do outro lado ficava a da Adidas. A turma que usava Adidas não era bem-vista nos redutos de quem usava Puma. E vice-versa.

Os dois morreram na década de 1970. Sem se falarem.

O PAPA PÉ QUENTE

Lá pelas tantas, naquele 1 a 0 para o adversário, o tradicionalismo pede que a torcida tricolor conclame a ajuda de João Paulo II. A cantoria faz até o tímido vibrar. "A benção, João de Deus, nosso povo te abraça" toma conta da arquibancada, fazendo com que o resto da letra seja ou ignorada ou substituída por "Neeeeense". Muitas vezes o time corresponde, entendendo que o apelo é para os céus, mas também para os terráqueos. Já vi empates e até viradas acontecerem após a ligação divina.

Carismático, o polonês e ex-goleiro Karol Józef Wojtyła se tornou Papa em 1978. Escolhendo o nome de João Paulo II, homenagem ao antecessor João Paulo I, ficou 26 anos à frente do Vaticano. Como líder religioso e chefe de Estado, rodou o mundo. Em 1980, pela primeira vez na história, um Papa esteve no Brasil. A música de recepção foi essa que a torcida do Fluminense não cansa de ecoar. Em solo carioca, Wojtyła recebeu uma camisa do tricolor das Laranjeiras de um pequeno torcedor e viu a perseguição enlouquecida do "beijoqueiro", disposto ao que fosse necessário para encostar os lábios na face sagrada — só foi conseguir, em Manaus, dar uma sequência de estalinhos nos pés do encabulado João.

Meses depois da vinda do Papa, a decisão do primeiro turno do Cariocão parecia ter um vitorioso decretado por todos: o Vasco. O jogo contra o Fluminense, de Cláudio Adão, Edinho e Mário Jorge, parecia figuração para cumprir tabela. Artilheiro cruzmaltino, Roberto Dinamite era uma máquina de fazer gols. Arrebentava tudo e todos. Era botar em campo e ver o massacre. Foi assim que os dois times encararam um Maracanã abarrotado em outubro de 1980. Seguindo a aposta, o Vasco abriu o placar. O Fluminense conseguiu arrancar o empate e levar para os pênaltis. Com a cantoria nas alturas, só sobrou para o goleiro tricolor Paulo Goulart ser uma barreira intransponível.

Na grande final do Cariocão de 1980 os dois clubes voltariam a se enfrentar. Roberto Dinamite, mordido com a derrota, prometia revanche. Zagallo, técnico vascaíno, treinou a equipe para não dar espaço ao adversário. De nada adiantou. Já com a letra decoradinha e se tornando talismã nos momentos bons e especialmente desafiadores, a torcida do Fluminense empurrou o time para levantar aquele caneco. O zagueiro Edinho marcou o gol da vitória. Quase 110 mil pagantes foram testemunhas dessa conquista e do começo da perpetuação do cântico.

João Paulo II faleceu em 2005. Cinco anos depois se tornou padroeiro do Fluminense.

GOLEIRÃO NA HORA DO RECREIO

O polonês João Paulo II gostava do esporte bretão. Testemunhas indicam que, apesar do carinho, a bola nos pés não era o seu forte. Como acontece normalmente com quem não sabe a diferença entre um drible e um passe, o futuro Papa acabou no gol. Entrou para a história como um goleiro amador nos jogos da escola.

ALI DIA MENTIU A IDENTIDADE PARA JOGAR A PREMIER LEAGUE

Um mentiroso, se passando por primo de um craque de futebol, conseguiu dar um trote e jogar por um dos times mais tradicionais da Inglaterra na Premier League.

Graeme Souness, escocês tarimbado na Premier League, a famosa liga inglesa, já tinha sido técnico do Liverpool e do Benfica. Ele estava dirigindo o Southampton em 1996. O time enfrentava uma sequência de lesões. Toda hora tinha um quebrado. Atacantes, por exemplo, estavam em falta.

Do nada, o telefone de Souness toca. Não tinha bina na época. Não tinha internet molezinha, que você pegava e com dois cliques sabe o passado de qualquer um. O telefone tocou e do outro lado era George Weah, um dos maiores jogadores da história, melhor do mundo em 1995, ídolo do Milan e do PSG. Weah falou que um primo dele, craque, atacante, 22 anos, estava deslanchando na seleção de Senegal e buscava uma chance na Inglaterra.

Souness nem acreditou. Pediu para o rapaz se apresentar o mais rápido possível. Um contrato de um mês de testes esperaria.

Não era Weah coisa nenhuma. Era um amigo do Ali Dia, estudante de economia, louco para ser jogador de futebol, que passou esse trote. Simples assim. O técnico caiu como um pato. Diferentemente de outros técnicos que tinham recebido a mesma ligação do suposto Weah e desligaram.

No treinamento, Ali Dia não foi bem, mas também não foi dos piores. Ficou naquele chove não molha. Mas, na crise, sem atacantes, Souness não tinha saída. Precisava experimentar o rapaz em jogo oficial. Vai que deslancha, deve ter pensado. Vai que o primo do Weah mostra para o que veio.

Agora, a sorte aparece em estágio médio. Iria rolar um amistoso entre reservas do Southampton e do Arsenal. Ali não conseguiria esconder. Não é que o jogo foi cancelado por causa de temporal? Se safou.

No dia 23 de novembro de 1996, não teria escapatória. O Southampton foi até o campo do Leeds tentar a vitória. Jogo complicado. Adversário bem armado. Aos 32 minutos, Matthew Le Tiss(ier) se machucou. Ídolo maior do Southampton. O técnico olhou para o banco e mandou Ali aquecer. A sorte entrava em jogo em estágio máximo.

Com a camisa 33, o senegalês, que mentiu ter 22 anos, mas tinha 31, foi um fiasco. Não viu a cor da bola. Corria de um lado para o outro e nada. O técnico berrava e nada. Acabou substituído aos 40 minutos. O time perdeu de 2 a 0.

Souness, revoltado, ligou para Weah para tirar satisfação. Que piada era aquela? Como ele poderia ter feito isso? Weah, o verdadeiro, só faltou chamar o técnico de maluco. Nunca tinha ouvido falar de Ali Dia. E mais: Weah é da Libéria e Ali Dia do Senegal, país que não dá nem fronteira.

Fim de carreira? Quase. Ali Dia ainda tentou a sorte em mais alguns clubes, mas nada foi para frente. Hoje ele é considerado um dos piores jogadores da história da Premier League e uma lenda mundial na arte da enrolação.

CARLOS KAISER, A MAIOR FRAUDE DO FUTEBOL

Olhando reportagens da década de 1990, parece que o cara jogou muita bola. Dá a entender que era gênio. Um Pelé melhorado. Um Messi. Um Romário. Diversos jornalistas, em diferentes veículos de comunicação, exaltavam as maravilhas de Carlos Henrique Raposo, mais conhecido como Carlos Kaiser.

Kaiser sabia de bola e gramado o mesmo que eu sei do funcionamento das bobinas de um avião: nada, zero ou perto disso. Nunca fez um gol. Passou mais de 20 anos enrolando geral e só conseguiu essas proezas por causas dos amigos famosos e das estratégias mais malucas em que você pode pensar. Isso em uma época que não tinha internet nem máquina de ressonância em qualquer birosca.

Nosso craque às avessas ia parar em grandes times como mais um jogador pra fazer parte do elenco. Os amigos, claro, que indicavam o Kaiser. Os contratos costumavam ser menores, de meses. Mas tudo certo: ele recebia luvas, salários e bola pra frente. Foi dessa forma que ele passou por times como Fluminense,

Botafogo, Flamengo, Vasco, clubes da França e até pelo Bangu, na época de ouro do time liderado pelo contraventor Castor de Andrade.

Uma questão que sempre surge quando conto essa história é: as comissões técnicas e os dirigentes caíam nessa lábia tão facilmente? Por ter um porte físico ótimo e ter disposição, Kaiser sempre liderou os treinos. Puxava pesado mesmo. Era o primeiro da fila. Animava a galera. Só que essa vontade toda tinha um preço: era comum surgir uma dor na coxa ou uma distensão na virilha. Resultado: semanas no departamento médico.

Sem exames mais elaborados, ele praticamente só voltava quando se sentia bem. Kaiser também era rei em arrumar atestados médicos.

Os jogadores amavam esse rapaz. Ele era e ainda é engraçado. Fala a língua dos boleiros. Era o cabeça em organizar as festas, inclusive na concentração. Os jogadores aliviavam a barra dele.

Uma tática do Kaiser pra aumentar os contratos era fingir que estava sendo sondado por outros clubes. Quase ninguém tinha celular no Brasil e ele também não, mas Kaiser fez uma réplica perfeita. Pensa na cena: final de treino, o aparelho tocava. Daí ele falava alto que estava feliz no clube, que não pensava em trocar aquele maravilhoso elenco. Não é que ele conseguiu morder uns salários a mais?

Kaiser nunca jogou quarenta minutos em partidas oficiais. Sempre arrumava um jeito de não entrar em campo. E com Castor de Andrade não foi diferente. Mas, nesse caso, ele teve que se superar.

Nosso ídolo politicamente incorreto tinha chegado ao Bangu com aquela fama de rei. Certa vez, o Bangu tava perdendo e o Castor não pensou duas vezes: mandou colocar o garoto em campo. Kaiser ficou desesperado. Se o Castor soubesse que investiu numa mentira, as chances de dar problema eram imensas. O treinador, óbvio, obedeceu ao patrão e pediu pro Kaiser ir pro aquecimento. Não teria jeito. Ele precisava entrar em campo e ainda com a responsabilidade de fazer a diferença. O rapaz suava em bicas. No aquecimento, à beira do campo, Kaiser ouviu um xingamento da torcida e não pensou duas vezes: pulou o alambrado e foi pra briga. Foi expulso antes de entrar. No vestiário, Castor de Andrade deu aquela bronca, mas ouviu que, ao perceber que torcedores estavam xingando o famoso bicheiro, ele resolveu tomar as dores. Castor deixou passar.

Kaiser se aposentou aos 39 anos, jogando no Ajaccio, da França. A apresentação dele nesse time foi sensacional. O clube fez uma verdadeira festa pra receber o craque, também conhecido como um homem vitorioso. Depois da apresentação oficial, ele iria jogar em um treino pra torcida desfrutar do futebol elegante de Kaiser. Ia ser, novamente, a oportunidade de ser descoberto. O que ele fez? Como ele se salvou dessa? Kaiser viu várias bolas no gramado e fingindo estar superfeliz com a festa bicou todas as bolas pra torcida. Dava um beijinho e mandava ver. Sem bola, não teve treino.

PELÉ E A CHUTEIRA EMPRESTADA PELO FLUMINENSE

Pelé era garoto-propaganda de uma empresa que faria uma ação de marketing em jogo envolvendo o Flu e o Racca Rovers, em Lagos, na Nigéria.

Pelé só iria dar uma pinta, acenar para a galera e chutar a bola para o começo do jogo.

Só que...

Fizeram anúncio que ele jogaria. Os ingressos esgotaram.

Até tentaram desfazer o mal-entendido, mas era tarde.

A torcida quebraria tudo se o Rei não entrasse seriamente em campo, avisaram os responsáveis pela segurança.

Aposentado e calçando uma chuteira emprestada e apertada, Pelé vestiu a 10 sagrada do Time de Guerreiros. Jogou 45 minutos contra um disposto adversário.

Não marcou gol na vitória de 2 a 1 dos tricolores.

Todos sobreviveram. Ainda bem!

PELÉ JOGOU PELO FLAMENGO

Em 1979, o Rei vestiu o uniforme do Flamengo para um amistoso beneficente contra o Atlético Mineiro.

Zico cedeu a 10 pro Pelé e entrou com a 9.

O jogo foi apertado. Quando estava 1 a 0 para os mineiros, pênalti pro Flamengo. Zico ofereceu a bola para o Rei que...refugou.

Todo mundo querendo ver o homem marcar um gol com a camisa rubro-negra e ele deu para trás. Zico foi e fez.

MILÉSIMO GOL DE PELÉ NO MARACANÃ

O Vasco acabou entrando nessa história.

Dez anos antes da refugada com a camisa do Flamengo, Pelé não perdeu a oportunidade de estufar a rede vascaína em um pênalti.

O goleirão vascaíno Andrada até foi na bola, mas não deu.

O Rei saiu carregado e pedindo pelas crianças.

Em 1961, Pelé fez um gol de placa no Fluminense em pleno Maracanã. Recebeu até homenagem.

PELÉ VASCAÍNO?

"Em 1957, o Rei Pelé jogou pelo Vasco, enquanto o time principal excursionava pela Europa. Isso aconteceu no Torneio do Morumbi, com partidas realizadas no Maracanã (...) Com a cruz de malta no peito, o futuro Rei do Futebol fez cinco gols, sendo um deles no empate em 1 a 1 com o Flamengo". Essa informação está no site do Vasco[1].

Na infância, Pelé era vascaíno.

---

1. https://www.vasco.com.br/site/conteudo/detalhe/50/1957-pele-veste-a-camisa-do-vasco

REFERÊNCIAS

ASSAF, Roberto. *Bangu*. Rio de Janeiro: Relume Dumará, 2001.

ASSIS, Judith Ribeiro de. *Anna de Assis: história de um trágico amor*. Rio de Janeiro: Best Seller, 2009.

AUGUSTO, Sérgio. *Botafogo: entre o céu e o inferno*. Rio de Janeiro: Ediouro, 2004.

AZEREDO, Octavio; GRACCO, Júlio. *Bíblia do Botafogo*. Estoril: Prime Books, 2016.

BERWANGER, Alexandre; ANGELKORTE, Gunter; TRIGO, Sergio. *Almanaque tricolor*. São Paulo: Cartola Editora, 2021.

BROCCHI, Antonio; BROCCHI, Eduardo. *Uma concisa história do Flamengo*. Rio de Janeiro: Maquinária, 2015.

CABRAL, Sergio. *Nos tempos de Ary Barroso*. São Paulo: Lazuli, 2016.

CASTRO, Ruy. *Estrela solitária: um brasileiro chamado Garrincha*. São Paulo: Companhia das Letras, 1995.

CASTRO, Ruy. *O vermelho e o negro: pequena grande história do Flamengo*. São Paulo: Companhia das Letras, 2012.

CELSO JÚNIOR; AMBRÓSIO FILHO, Paschoal; VAZ, Arturo. *100 anos de bola, raça e paixão: a história do futebol do Flamengo*. Rio de Janeiro: Maquinária, 2012.

FONTES, Leandro Tavares. *Vasco, o clube do povo: uma polêmica com o flamenguismo (1923-1958)*. Rio de Janeiro: Livros de Futebol, 2020.

FRIAS, Sérgio. *Eurico Miranda: todos contra ele*. Rio de Janeiro: MPM Neto, 2012.

GUIMARÃES, Paulo Cezar. Jogo do Senta: a verdadeira origem do chororô. Rio de Janeiro: Livros de Futebol, 2014.

JUPIARA, Aloy; OTÁVIO, Chico. *Os porões da contravenção: jogo do bicho e ditadura militar: a história da aliança que profissionalizou o crime organizado*. Rio de Janeiro/São Paulo: Record, 2015

LIRA NETO. *Getúlio 2 (1930-1945)*. São Paulo, Companhia das Letras, 2013.

MARIO FILHO. *Histórias do Flamengo*. Rio de Janeiro: Mauad, 2021.

MATOS, Marcelo. *São Januário, um caldeirão no centro de um bairro*. Joinvile-SC: Clube de autores, 2012.

MONSANTO, Eduardo. *1981: o ano rubro-negro*. São Paulo: Panda Books, 2011.

MONTEAGUDO, Clarissa. *Pinguins do Rio são tratados como bebês por babás*. Extra, 14/07/2012. Disponível em: https://extra.globo.com/noticias/rio/pinguins-do-rio-sao-tratados-como-bebes-por-babas-5474699.html. Acesso em 8 mar. 2022.

MOTTA, Nelson. *Fluminense: a breve e gloriosa história de uma máquina de jogar bola*. Rio de Janeiro: Ediouro, 2005.

MYLES, Louis (direção). *Kaiser: the greatest footballer never to have played football* (Kaiser: o grande jogador de futebol que nunca jogou futebol). Documentário, 2018.

NAPOLEÃO, Antonio Carlos. *Botafogo de Futebol e Regatas — história, conquistas e glórias no futebol*. Rio de Janeiro: Mauad, 2000.

NAPOLEÃO, Antonio Carlos. *Fluminense Football Club — história, conquistas e glórias no futebol*. Rio de Janeiro: Mauad, 2003.

NEVES, Marcos Eduardo. *Che é Madureira*. Trip, 08/06/2010. Disponível em: https://revistatrip.uol.com.br/trip/che-e-madureira. Acesso em 8 mar. 2022.

SANDER, Roberto. Os dez mais do Fluminense. Coleção ídolos imortais. Rio de Janeiro: Maquinaria, 2021.

SCHWARCZ, Lilia Moritz; STARLING, Heloisa Murgel. *A bailarina da morte: a gripe espanhola no Brasil*. São Paulo: Companhia das Letras, 2020.

SCHWARCZ, Lilia Moritz; STARLING, Heloisa Murgel. *Brasil: uma biografia*. São Paulo: Companhia das Letras, 2015.

SIMAS, Luiz Antonio. *Almanaque brasilidades: um inventário do Brasil popular*. Rio de Janeiro: Bazar do tempo, 2018.

SIMAS, Luiz Antonio. *Ode a Mauro Shampoo e outras histórias da várzea*. Rio de Janeiro: Mórula, 2017.

SMIT, Barbara. *Invasão de campo*. Rio de Janeiro: Zahar, 2007.

VENÂNCIO, Pedro. *Nasce o Gigante da Colina*. Rio de Janeiro: Maquinária, 2014.

1ª edição	agosto 2022
impressão	rotaplan
papel miolo	pólen soft 80g/m²
papel capa	cartão supremo 300g/m²
tipografia	new york e noka